KB016528

고양이의 골골송이 흘러나올 게다

고양이의
골골송이
흘러나올 게다

조은 산문집

아침달

내게는 슈바이처와 다름없는,

동물의사 이관영 선생님께 바칩니다.

작가의 말

어쩌다 보니 원하지 않았던 삶을 십 년 넘게 살아냈다. 원하지 않았지만, 가장 치열했고, 아직도 끝나지 않은 이야기. 이 책은 그것에 관한 글이다. 어두운 듯하지만 밝고, 얼음장 같으나 근원적 온기가 넘치는 이야기.

이 시기에 나는 환상을 가지고 대하던 인간들에 관한 시선을 성큼성큼 조정해야만 했다. 오래 몰입했던 문학을 통해서도 이처럼 큰 진보인지 퇴보인지를 경험하지 못했다.

나는 이제 입 밖으로 소리 내어 말할 수 있다. 만만찮은 내 나이를 생각하면 더 일찍 이 말을 해야만 했다.

"내 삶에 훈수를 두지 마세요."

십 년 넘도록 '선을 넘은' 나에게 여러 번 경고했던 사람들을 위해 이 통쾌한 말을 한 번 해볼 생각만으로도 기분이 좋아진다. 이런 나의 역설을 이해할 수 있다면, 그는 꽤 재치 있고 너그러운 사람일 터이다.

2022년 가을날에

조은

목차

1부

다시 여행하다, 라는 뜻을 지닌 나무

2부

마음을 주면 다 준 거지

3부

우리의 인연은 그렇게 시작되었다

◇◇◇

취조가 끝난 뒤, 방을 옮겨 여러 번 날인하려고 할 때
나는 준비한 도장을 내밀었다.
"어, 절차를 잘 아시네요. 경찰서에 자주 와봤나 봅니다."
그는 이미 여러 번 전화로 내 주민등록번호를 물었던 사람.

"배고픈 고양이에게 밥을 주다가 여러 번 왔습니다.
아마 또 오게 될 겁니다."

1부

다시 여행하다, 라는 뜻을 지닌 나무

'로미', '하니', '써니'

고양이가 왔다

18년 가까이 같이 살던 개가 죽었을 때, 무지하게 슬펐다. 한편 홀가분하기도 했다. 돌이켜보니 부모님이 세상을 떠난 뒤에도 비슷한 감정을 느꼈다. 엄청난 슬픔과 큰 숙제를 끝냈다는 홀가분함. 이젠 내 숙제만 남았으니 가볍게, 가볍게 살자고 다짐했던 기억이 난다.

같이 살던 개는 사람으로 인한 심한 트라우마가 있어서 사람의 손길을 푸줏간 칼보다 무서워했다. 원래는 세 들어 살던 주인집에서 기르던 녀석이었는데, 이사하던 날 이삿짐이 다 실린 트럭을 절망적으로 바라보던 눈빛을 보고는 두고 가려던 나의 의지가 무너지고 말았다. 장물아비가 될 각오로 나는 녀석을 품에 안고 4년 남짓 살았던 그 집을 떠났다. 마침 주인집엔 아무도 없었다.

환경이 바뀌면 금방 회복될 줄 알았던 녀석은 죽기 사흘 전까지도 도와주려고 내미는 내 손을 물었다. 그 개와 같이 사는 동안 나는 많은 사람으로부터 "미쳤구나!", "이런 개를 집 안에 두는 네가 더 환자다!"라는 말을 들어야만 했다.

개는 2012년 단오를 이틀 앞두고 죽었다. 다음 날 화장했고, 단옷날 함께 즐겨 걷던 인왕산 자락길의 소나무 아래에 묻었다. 그해 가을이었다. 당장 출산할 것 같은 만삭의 노란 고양이가 우리 집 한옥 지붕에서 마당으로 내려왔다. 녀석의 눈 밑은 눈물로 젖어 있었고, 옅은 초록빛을 띤 눈에는 애절함이 가득 담겨 있었다. 개가 죽은 지 넉 달. 그때 나는 남미나 동유럽의 레지던스를 구해 살 것을 구체적으로 계획하고 있었다. 병든 개와 사는 동안엔 꿈도 꿀 수 없는 일이었지만 이제 개가 떠났고, 넉 달이 흘렀으니 마음만 먹으면 어디든지 떠날 수 있는 시점이었다.

터질 듯 배가 부푼 고양이는 서너 시간 나를 살피며 마당에서 버티다가 저녁 무렵 무거운 몸을 일으켰다. 녀석도 그 좁은 한옥 마당에서는 몸을 풀 수 없다고 판단한 것 같았다. 녀석이 사라지자 한동안 가슴이 묵직했다. 이십여 년 만에 얻은 자유로움에 실금 하나 가지 않았다는 안도감이 곧 뒤따랐다. 그렇게 떠난 줄 알았던 고양이는 마당에 있는 화장실 위 서까래 아래서 조용히 몸을 풀었다.

25년 동안 재개발을 추진해온 광화문 근처인 우리 동네를 빙 둘러싸고 언제부턴가 거대한 이름의 건물들이 생겨나기 시작했다. *경희궁의 아침, 파크 팰리스, 스페이스 본, 광화문시대, 용비어천가, 경희궁 자이* 등등. 이름만으로 경제적 가치를 짐작하게 하는 그 땅에서 근근이 살던 고양이들은 구사일생으로 살아남아 우리 동네로 끝없이 흘러들었다. 질병과 독살, 교통사고와 굶주림으로 수없이 죽어 나가도 고양이는 골목마다 눈에 띌 정도로 넘쳤다. 그동안 고양이가 우리 집에 들어오지 않았던 것은, 비록 늙고 병들었을망정 개가 버티고 있었기 때문이었다.

한글날 고양이가 몸을 풀었다. 그 출산에서 딱 한 마리만 살아남았다. 살아남은 새끼 역시 어미를 닮아 초록빛 눈을 가졌고, 고양이를 무서워하는 내 눈에도 어려서 그런지 깜찍하고 귀여워 보였다. 나는 새끼 고양이를 수컷이라 생각했다. 어린 그 녀석은 순진무구하게 뛰놀며 마당으로 내려와 사료를 먹고 구석에 둔 화장실을 쓰면서 시시각각 자랐다.

2013년 3월 23일에 어미가 또 몸을 풀었다. 어느덧 청소년 고양이가 된 나의 2호 고양이는 어미를 도와 육아를 했는데, 한시도 눈을 떼지 않고 동생들을 지켜보며 지붕 아래로 떨어지지 않도록 돌보는 모습이 놀라웠다. 녀석도 힘든지 통통통 튀는 동생들 곁에서 꾸벅꾸벅 조는 모습이 안쓰러웠다. 그 무렵 캐나다에 사는 친구가 우리 집에 와 하룻밤 잔 적 있었다. 그 친구가 아침에 찻잔을 들고 서서 햇빛이 쏟아지는 마당을 내다보며 말했다.

“작은 고양이가 새끼를 가진 것 같아요.”

나는 깔깔대며 말했다.

“날마다 엄마 간식을 가로채 먹어서 살이 찐 거예요.”

하루가 다르게 뚱뚱해지는 2호 고양이에게 간식을 빼앗기지 않고 어미에게 주기 위해 신경을 쓰던 참이었다.

친구가 떠난 다음 날, 우리 집 2호 고양이가 서까래

아래에 놓인 스티로폼 상자 안에서 사투를 하고 있었다. 사흘째 되던 날, 더는 안 되겠다 싶어 동물보호단체에 도움을 청했다. 2호 고양이의 생사를 걱정하던 그때까지도 나는 고양이를 좋아하지 않았고, 심지어 무서웠지만, 마냥 두고 볼 수만 없었다. 내 상상 속에서는 이미 죽은 2호 고양이의 부패가 시작되고 있었다.

마당에 사다리를 놓고 화장실 지붕으로 올라갔던 봉사자가 두 손에 담긴 솔방울만 한 꼬물이들을 눈앞으로 내밀었을 때 내 입에서는 헉, 소리가 났다. 2호 고양이는 암컷이었고, 살이 찐 게 아니라 임신을 했던 것이다. 어린 소녀 고양이의 출산이었다. 1호의 두 번째 출산으로 3호와 형제들이 태어난 지 얼마 되지 않았던 그때, 내겐 그보다 큰 충격이 없었다.

여섯 달여 만에 한 마리의 고양이가 아홉 마리로 늘어났다. 나는 할 수 없이 벌벌 떨며 동물보호단체에서 두고 간 포획 틀을 집어 들었고, 하나하나 중성화 수술을 하기 시작했다. 가장 큰 걱정거리는, 그 골목에 동물을 싫어하다 못해 혐오하는 노인이 살고 있다는 점이었다. 정신병원에 장기 입원해 있던 노인을 잠깐 퇴원시켰던 부인이 갑자기 죽는 바람에 그는 골목 사람들에게 폭탄 같은 존재였다. 일흔이 넘었음에도 그는 배기량이 큰 오토바이를 몰고 춘천을 오갈 만큼 힘이 장사이고, 낮에도 밤에도 술에 취한 채 골목을 뛰어다녔다.

그의 부인은 이따금 우리 집 대문이 열리는 틈을 기막히게 이용해 들이닥치곤 했다. 때로는 반찬을 들고, 때로는 차를 한 잔 달라며. 어느 날 탁자 위에 올린 두 팔로 턱을 괴고 있던 그녀는 아들이 한강에서 익사한 이야기를 하다가 꺽꺽대며 울었다. 그 순간부터 나는 그녀에게 약한 모습을 보였던 것도 같다. 그래서 남편에게 폭행당할 때마다 숨겨주다 보니 어느 순간 그녀는 내 삶에 묵직하게 들어앉았다.

그녀가 죽던 날, 나는 집에 없었다. 나중에 골목 사람들로부터 그날 있었던 이야기를 듣던 나는 말문이 막혔다. 그날 그녀는 맨발로 집을 뛰쳐나와 "사람 살려!" 하며 집마다 대문을 두드리고 다녔다고 한다. 그런 사람에게 아무도 문을 열어주지 않았다니 내겐 그런 충격이 없었다. 그러다 골목 밖으로 도망쳤던 그녀는 교회에서 죽은 채 발견되었다. 경찰이 밝힌 그녀의 사인은 '무리한 통성

기도로 인한 장 파열'이었다. 폭력이나 범죄와는 상관없이 평범한 삶을 살아온 내가 들어도 그녀는 남편에게 맞은 몸으로 숨어들었던 교회에서 죽었기 때문에 타살인 것 같은데, 그 일은 그렇게 마무리되었다. 마지막으로 그녀를 보았던 사람들은 익명으로라도 진실을 말하지 않았다.

그 노인을 이기기 위해선 악마처럼 힘이 세거나 하나뿐인 목숨을 걸어야만 할 것 같았다. 그가 음식물에 섞어 살포한 독약을 먹고 새끼에게 젖을 물리던 어미 고양이들이 그 골목에서 죽어 나갔다. 우리 집 지붕 위까지 독약이 든 뭔가를 던져 1호와 2호의 아기 고양이들도 죽었다.

재개발을 기다리는 빈집들 대문 아래로는 빽빽 우는 아기 고양이들이 수도 없이 기어 나왔다. 어미 잃은 공포와 굶주림에 겨워 우는 새끼들이 자기 집 대문 안으로 들어오지 못하도록 하기 위해 높이 쳐둔 삽날을 보고 혼비백산한 나는 비명을 질렀고, 정신을 차렸을 때는 아기 고양이를 품에 안고 있었다. 돌아보면 내가 캣맘이 된 시점은 바로 그때, 삽날이 겨누는 새끼 고양이를 품에 안던 순간이었다.

뜻하지 않았지만 나는 오십 마리 이상 되는 고양이를 분양했고, 분수에 넘치는 돈을 썼으며, 그 생명들을 살리기 위해 유전자의 힘을 능가하는 노력을 했다. 인생 총량의 법칙이 있다더니, 그동안 나태하게 살았던 삶이 고양이를 통해 소급되고 있었다.

눈비에도 아랑곳없이 비슷한 시간에 동네 고양이들에게 밥을 주고 다니기 때문에 내가 모르는 사람들이 나를 알고 있다는 사실은 또 얼마나 끔찍한가! 지금껏 본업을 숨기며 눈에 띄지 않게 조용히 살아왔건만.

열악한 신체 조건이 적나라하게 드러나는 허름한 차림으로 고양이에게 밥이나 주고 다니기 때문에 모두가 만만하게 보는 나는, 우아한 지인들과 예기치 않게 마주칠 때마다 이를 악물고 마음을 진정시킨다. 그때마다 애써 지은 표정과는 상관없이 몸은 금세 진땀으로 흠뻑 젖는다. 어중간하게 아는 사람이 "혹시 조은 선생님 아니세요?"라고 물으면, 나는 "아니에요!"라고 시치미를 떼곤 한다. "세상에… 아니란다…" 하는 말을 등 뒤로 들으며 얼굴이 화끈거린 적이 한두 번이 아니다.

내가 고양이라는 필터를 통해 사람들을 본 뒤부터 그들에 대한 신뢰도는 과거에 비해 턱없이 낮아졌다. 하지만 아무런 기대도 하지 않기 때문에 이젠 더 이상 사람들에게 실망하지 않는 반면, 작은 일에도 쉽게 감동한다. 이 엄청난 아이러니가 날이면 날마다 놀랍다.

'참깨', '써니'

짧은 환각, 긴 현실

지금 사는 집으로 이사 오기 전, 내겐 오직 하나의 다짐이 있었다. 동네 고양이들을 내 집 근처엔 얼씬도 못하게 하겠다는 것. 18년 가까이 같이 살던 개가 죽자마자 한옥 지붕을 넘어와 우리 집에서 몸을 푼 한 마리의 고양이로 인해 길고양이와 엮여버린 나로서는, 이것만은 반드시 사수해야 할 다짐이었다.

이사할 집은 허름했지만, 골목이 훤히 내려다보이는 2층의 넓은 창들이 마음에 들었다. 그 창 모두 처음 실내에서 살게 될 고양이들에게 멋진 선물이 될 터였다. 한편, 허술한 베란다가 자꾸 마음에 걸렸다. 새처럼 날아오르는 바깥 고양이들이 접근하지 못할 리 없어 보였다.

막상 이사해 보니 우리 집 베란다는 바짝 붙어 있는 옆집 낮은 담장을 타고 올라올 수 있었지만, 녀석들은 몇 달 지나도록 나타나지 않았다.

이사한 집에서 맞는 첫해의 봄. 친구가 '마따따비'라고 불리는 개다래나무 묘목 두 그루를 선물로 보냈다.

"'다시 여행하다'라는 뜻을 지닌 나무야. 여행을 할 수 있을 만큼 다시 기운을 차리게 하는 나무라니 멋있지 않니?"

나무를 보내준 친구도 고양이와 살고 있다. 나는 뜻밖의 선물인 나무 한 쌍을 집 근처 좁은 공유지에다 심어 두었다. 내가 밥을 주는 고양이들이 오가며 잠깐이라도 기분을 낸다면 좋겠다 싶은 한편, 특징이라곤 없는 밋밋한 모양새로 보아 친구 말대로 고양이가 '환장'할 것 같지는 않았다.

그랬건만, 개다래나무에 고양이들이 환장하고 달려들었다. 막 새잎을 틔우기 시작한 수나무는 심자마자 땅 위 3센티 정도의 줄기만 남긴 채 해체되어 어딘가로 사라졌다. 고양이 무게를 이기지 못해 옆으로 기운 그 짧은 중심 가지엔 볼 때마다 고양이 털이 솜사탕처럼 뭉쳐 있었다. 신기하게도 나란히 심은 암나무는 무사했다. 암나무에 열리는 열매에 또 고양이들이 환장한다기에 나는 무사히 남은 암나무라도 지키기 위해 열심히 물을 줬다.

개다래나무를 심은 그 작은 공유지에다 나는 해마다 여러 그루의 꽃나무를 심곤 했는데, 매해 심은 나무들은 며칠 안에 사라져버렸다. 그럼에도 내가 그 발등만 한 땅에 해마다 온갖 꽃나무를 심는 것은, 우리 동네의 미관을 위해서도, 돈이 남아돌아서도 아니다. 길고양이 급식소를 싹 없애버려야 한다고 우기는 사람이 나타나면 그 땅으로 급식소를 옮겨 사수할 수 있을 테니 어떻게든 선점권을 갖기 위해서이다. 다행히 꽃나무를 심기만 하면 캐가는 동네 사람들도 볼품없는 개다래나무만은 건드리지 않았다.

꽃나무 이야기를 시작했으니 말인데, 꽃은 아름다운 것이라 훔치는 행위도 아름답다고 착각하는지 우리 집 창 아래 놓아둔 화분도 걸핏하면 없어진다. 동네 피아노 학원 앞에 내놓은 화분도 자꾸 사라지는지 얼마 전에는 *'해마다 남의 화분을 몰래 들고 가시는 분… 벌 받아요!'* 라는 달필로 쓴 문구가 붙었다. 해마다 이 집 저 집에서 사라졌던 나의 꽃나무가 꽃을 피우는 것을 보노라면 마음이 이상해지곤 한다.

'저이가 언제 사람이 오가는 데서 저걸 파다 심었지?'

어느 날, 아무짝에도 쓸모없어 보이던 암나무마저 사라져버렸다. 그 자리에는 아직 물기 어린 작은 구덩이만 남아 있었다. 나무를 캐간 사람은 분명히 내가 하루도 빠짐없이 물을 주는 것을 지켜보았을 테다. 그러다 문득 하찮게 여겼던 그 나무가 '분명히 대단한 나무!'일 거라

믿었을 것이다.

처음 개다래나무 한 쌍이 왔을 때, 나는 잎을 몇 개 따서 우리 집 고양이들에게 던져주었다. 녀석들의 반응은 신기했다. 특히 나의 5호 고양이 참깨는 아편굴에 들어앉은 것처럼 해롱거리다가 흥분에 겨워 떼굴떼굴 굴렀다. 가장 덩치가 크고 겁이 많은 3호 고양이 써니도 나의 시야를 벗어나 개다래나무 잎을 핥다가 감각이 고조되면 커다란 몸뚱이를 꿈틀꿈틀 틀고 마지막엔 참깨처럼 구르곤 했다. 내가 절대로 줄 수 없는 희락을 보잘것없는 모양새의 나뭇잎 한 장이 무한 제공하니 어떻게든 그 암나무만은 지켜야 했다.

그렇게 암나무까지 사라져버리자 앞의 친구가 다시 개다래나무 묘목을 사서 보냈다. 그래서 이번에는 묘목을 화분에다 심어 햇빛이 적당히 드는 베란다에다 두었다. 동네 고양이들이 우리 집 베란다에는 올라오지 않음을 알았기 때문이다.

아, 그건 착각이었다. 개나래나무 냄새를 맡은 고양이들이 부지런히 베란다로 올라왔고, 화분 위에 올라앉아 얼마나 굴러댔는지 볼품없이 찢어진 나뭇가지에선 뭉친 고양이 털이 펄럭거렸다. 반드시 사수하고자 했던 우리 집 베란다가 뚫려버린 것이다.

개다래나무의 힘을 알고 있는 친구는, 이번엔 냉동된 개다래나무 열매를 택배로 보냈다. 냉동 상태로 왔건만, 해동시키면 그 열매 안에 있던 풀잠자리 알이 부화해 눈앞에서 잠자리가 폴폴 날아다녔다. 생명의 힘이 참으로 신기했다. 열매에도 참깨가 가장 먼저 홀렸다. 그래서 나는 고양이들이 축축 늘어지는 궂은 날이면 냉동실에서 그걸 꺼내 녀석들 앞에 던져줬다가, 풀잠자리 알이 부화하지 않도록 다시 냉동실에 넣어버리곤 했다.

절정은 나무와 열매를 보냈던 친구가 준 개다래 술이었다. 개다래 열매로 담은 술이 항암에 좋다며 백혈구 수치가 나쁜 내게 반주로 조금씩 마셔 보라며 권한 거였다. 나는 풀잠자리가 깨어나서 폴폴 날아다니던 그림이 떠올라 마실 생각은 하지도 못했다. 그러다 어느 불면의 밤을 지새우다 자야 한다는 일념에 사로잡혀 한 잔 따라 마셨다. 술은 생각보다 독했고, 풀잠자리 액을 마시는 듯해 저절로 미간이 접혔다.

술기운을 느끼며 잠자리에 들었을 때였다. 어디선가

갈증에 겨워 급히 물을 핥는 소리가 났다. 어느 녀석이 무척이나 목이 말랐나 보다 하며 나도 물을 좀 마시려고 나가 보니, 참깨가 깨끗이 핥은 술잔을 두 발로 껴안고 해롱대고 있었다. 놀란 내가 술잔을 설거지통에 담그자 녀석은 싱크대로 뛰어올라 엉덩이를 높이 쳐들고 고꾸라질 것 같은 자세로 물속의 술잔을 건져 올리려고 했다. 내 평생 술 취한 고양이를 보게 될 줄이야!

우리 집 고양이 중에서 개다래나무에 가장 민감하게 반응하는 고양이는 '참깨'다. 그다음이 '써니'이고, 암컷들은 좀 무심해 보인다. 암컷들도 개다래나무 옆으로 자꾸 가는 것으로 봐서 좋아하지 않는다고 말할 수도 없다. 며칠 전 개다래술에 반응한 참깨 이야기를 들은 친구가 헝겊에 개다래술을 적셔 같이 사는 고양이에게 줬더니, 독한 술내 때문인지 얼른 고개를 돌렸다고 한다. 그걸로 미루어 참깨는 인간으로 태어났으면 술에 절어 살다가 끝내 알코올 중독이 되었을 것도 같다. 2012년 세상을 떠난 나의 개가 커피를 아주 좋아해 나와 늘 나눠 마셨던 것처럼 동물들에게도 기호식품이 있는 것 같다.

참깨는 어느 날 불쑥 눈앞에 나타난 고양이가 아니

라 아기 고양이 때부터 봤던 녀석이다. 치즈인 참깨 엄마는 삼색 카오스였는데, 늘 나를 따라다녔다. 우리 집을 자주 찾아오던 그 카오스는 육아를 잘한 건지 못한 건지 딱 하나 데리고 다니던 참깨가 나만 보면 전기총을 쏘곤 했다. 주먹만 한 녀석 때문에 놀란 적이 한두 번이 아니었는데, 자라면서 그 버릇이 사라졌다. 참깨라는 이름을 갖기 전부터 녀석은 나날이 사람을 좋아했고, 고양이들과도 잘 지냈다.

재개발과 함께 사라질 동네 풍경을 담을 카메라를 들고 찾아오는 사람들에게 갖은 포즈를 잡아주며 그들을 따라 행동반경을 넓히던 참깨가 어느 날 사라졌다. 사흘 만에 나타난 참깨는 만신창이였다. 어떤 수의사도 살릴 수 없을 것처럼 보였고, 내가 해줄 수 있는 일도 없어 보였다. 내 손 안으로 머리를 들이밀며 그간 있었던 일을 설명하는지 야옹야옹 대는 녀석에게 나는 냉정했다.

"아가야, 야옹아. 내 말 잘 들어. 아줌마는 널 병원에 데리고 가지 않을 거야."

녀석은 설명을 멈출 수 없다는 듯이 계속해서 앙앙댔다. 나도 멈추지 않았다.

"누구나 다 죽는 거야. 너는 이미 구부능선을 넘었으니 얼른 숙제 끝내고 편히 쉬자, 응?"

참깨는 이상할 정도로 잘 버티고 있었다. 그러던 어느 금요일 오후, 다 죽어가되 죽지는 않는 녀석의 머리를 쓰다듬으며 내가 말했다.

"이번 주말을 넘기고 다음 월요일까지 살아 있으면, 널 병원에 데리고 갈게."

금요일 밤부터 쏟아진 폭우는 월요일 정오가 넘도록 그치지 않았다. 우리 집에 놀러 왔다 돌아가는 친구들에게 아직은 이름이 없는 참깨 이야기를 하며 나는 살아 있을 리 없다고 장담했다. 그래도 누군가가 동행해 준다면 힘이 될 것 같았지만, 아무도 따라나서지 않아서 혼자 포획 틀을 들고 언덕을 올라갔다. 놀랍게도 참깨는 그때껏 살아 있었고, 스스로 기어서 포획 틀에 들어갔다. 녀석은 종잇장처럼 가벼웠다.

병원 진료실에서 참깨라는 이름이 된 녀석은 입원실에서부터 돌변했다. 그런 맹수가 없었다. 팔 하나 들어 올릴 힘도 없어 보이는 녀석이 나만 보면 맹렬하게 입원실 문을 앞발로 때리며 전기총을 쏘아댔다. 뚫어져라 나를 노려보는 녀석의 모습은 박제된 것처럼 창백해 보여 살아 있는 생명이라고는 믿어지지 않았다. '아아, 이 녀석이 죽었나?' 하는 마음에 다가가면 녀석은 입원실 유리문이 흔들릴 정도로 내게 발길질을 하며 전기총을 쏘곤 했다.

그때마다 표정을 보고 내가 해독한 고양이의 말은 이렇다.

"내가 살려달라고 사정했지, 여기 데려와 이렇게 죽이라고 했냐?"

가끔 같이 간 친구도 입원실로 들어서자마자 손가락으로 한 곳을 가리키며 말했다.

"어머, 저 칸에 있는 고양이는 박제를 했나 봐."

"어디? 에고, 쟤가 참깨잖아!"

여러 차례 수술을 해야 했던 녀석은 수의사가 시야에 나타나면 무서워서 눈을 떼지 못했다고 한다. 그런 녀석이 내가 가면 수의사가 제 앞을 왔다 갔다 하건 말건 오직 나만 노려보며 전기총을 쏘았다. 퇴원 무렵 동행했던 한 친구는 이렇게 말했다.

"얘가 너를 철천지원수 대하듯 하네."

오랫동안 병원에 있었던 참깨는 포악하기 이를 데 없

는 상태로 넥카라를 한 채 집에 들어왔다. 길에서 살 때의 나긋나긋한 모습은 온데간데없는 녀석에게 어느 날 개다래술을 제대로 한 번 먹여봐야겠다. 녀석이 발톱 끝까지 흐물흐물해지는 틈을 노려 품에 꼭 안고, 따끔하게 내 집의 서열을 가르쳐야겠다.

당신을 좀 알아요

배우지 않아도, 알려고 하지 않아도, 선험적으로 알게 되는 것들이 있다. 우정에도 권태가 깃들 수 있다는 것, 부모 자식 사이에도 경제 논리가 개입한다는 것, 신뢰를 강조하는 사람이 가장 먼저 신뢰를 잃을 수 있다는 것 등등.

넘쳐나는 세상 정보를 알든 모르든 그럭저럭 살아갈 수 있지만, 인간이란 남이 아는 것은 무엇이든 알고 싶어 하고, 남들이 알지 못하는 것도 알고 싶어 한다. 새나 쥐도 아니고, 인간만이 일부러 엿들으면서까지 남의 비밀을 알고 싶어 하는 존재가 아닌가.

텔레비전을 집에 두지 않고 살아온 나는 자주 사람

들의 지성에 감탄하곤 했는데, 언제부턴가 일반인의 지성이 거의 텔레비전에서 얻은 것임을 알았다. 텔레비전이야말로 재미있는 세계 백과사전이자 지혜의 보고이며, 공동체의 단합과 위선을 이끌어간다. 그것을 알면서도 내가 텔레비전 없이 살고 있는 것은 체질인 듯하다.

직장생활을 할 때 내가 가장 견디기 힘들었던 것은 푸석푸석하고 공허한 회의였다. 분위기를 바꾸기 위해 모두 박장대소한 유머에는 나만 웃지 못했는데, 그건 텔레비전을 보지 않기 때문이었다. 유머 감각이 있다는 말을 가끔 듣는 나인데도 늘 그렇게 되곤 했다. 그 시절을 거쳐온 지금까지 변함없는 내 생각은, 온갖 회의에서 갑론을박하던 저마다의 의견을 글로 쓰면 A4용지 반 장도 되지 않을 분량일 거라는 점이다. 그것을 전달하기 위해 변죽과 현학과 미사여구가 동원되고, 긴긴 시간이 허비된다. 그뿐인가. 그러고도 미진했던 주장이나 화해를 위해 금쪽같은 시간을 일방적으로 빼앗는 회식 자리가 마련되곤 했으니. 아직도 나는 과거의 내 체험들이 좀 억울하다는 생각이 들곤 한다.

문학을 하다 보니 나는 저절로 사람들이 살아가는 모습을 관찰하게 된다. 잠자리에 들어서까지 그날 본 사람의 모습이나 행위를 되새기느라 잠들지 못할 때도 많다. 내 사고력은 그렇게 잠 못 드는 밤에 형성된 듯도 하다. 잠 못 이루는 밤에 읽었던 인문학 책들, 특히 정신분석과 심리학에 관한 책들은 내가 혼란에 처할 때마다 큰 힘이 되었다. 독서를 통해 얻은 온갖 사람들이 겪는 간접 체험 또한 글을 쓰는 내겐 관심거리였고, 나를 지탱하는 힘이 되곤 했다. 하지만 그 많은 독서량에도 불구하고 얼마 전 나는 꽤 안다고 생각했던 사람들로 인해 정신이 붕괴되는 일을 겪었다.

내가 지금 살고 있는 동네에 정착한 것은 1990년대 초반이다. 1996년부터 2018년까지는 한옥에서도 살았다. 두 번째 한옥에서는 20년 가까이 살았는데, 개가 있었기 때문에 동네에 넘쳐나는 길고양이들이 우리 집 마당 안으로는 들어오지 못했다. 고양이를 무서워하던 내겐 정말 다행이었다. 그랬음에도 고양이들의 혹독한 삶을 대할 때면 늘 마음이 불편했다. 특히 젖을 치렁치렁 늘어뜨린 수유묘나 굶주려 갈비뼈가 앙상한 고양이들과 마주친 날엔 아파트에 사는 사람들이 부럽기도 했다. 그렇다고 내가 딱히 할 수 있는 일은 없었다. 남아도는 개 사료를 나눠주는 것밖에.

그러다 18년 가까이 산 개가 죽었고, 우리 집에 고양이가 나타났다.

한 마리의 고양이가 아홉이 된 순간, 나는 우리나라 사람들이 경멸적(?)으로 부르는 '캣맘'이 되었다. 우리 집에 오는 고양이들을 중성화 수술시킨 뒤 내가 수술한 고양이에 대한 사회적 책임이 있음을 알았기 때문에 밥을 주기 시작한 것이다. 물론 그 일에 법적 책임이 따르지는 않았다.

나는 30년 넘게 있는 듯 없는 듯 살아온 동네에서 사람들의 눈에 띄기 시작했다. 그게 싫어 새벽 일찍 일어나 조용히 움직였지만, 새벽 기도를 다니는 교인들의 눈을 피할 수는 없었다. 처음 수유묘에게 개 사료를 주기 시작한 것이 2010년 무렵이었으니 이렇게 산 지 어느새 10년이 넘었다. 그동안 '고양이가 쓰레기봉투를 뜯지 않아 골목이 깨끗해졌다', '발정기 울음소리가 없어 조용하다', '쥐가 사라졌다'라며 고마워하는 이웃도 있었고, 중성화를 반대하여 '고양이가 많아야 쥐가 안 생긴다'라며 나를 나무라는 사람도 있었다. 가장 강적은 내가 중성화 수술시킨 고양이에게 약을 먹여 죽이는 사람이었다. 그러는 동안 종로구에도 동물 조례가 생겼고, 동물 복지도 조금씩 좋아지고 있지만, 광화문이 지척인 이 동네에서 아직도 고양이를 죽이는 일은 너무도 쉬워 보인다.

전문가의 지식이나 지혜, 경험, 도량 등이 무시되는 집단은 오래가지 못한다. 나라가 그 지경이 되면 국민은 촛불이라도 들고 위험을 경고한다. 소집단이라고 다르지 않다.

사람들은 되도록 전문직에 종사하려고 한다. 그런데 그 자리가 썩으면, 억울한 사람이 생기고, 믿지 못할 일 또한 자주 발생한다.

내가 만난 최악의 전문직 종사자는 법조계 인물이었다. P는 정반대인 판사 잭 와인스턴을 떠오르게 했다. 자신의 궁극적 판결 근거가 '정의로운 사회를 위한 인간의 책임'이라고 했던 판사 와인스턴이 모든 저서의 인세 전액을 가난한 자들의 법률기금으로 썼다고 한 점으로 미루어 그의 정의는 사욕과는 거리가 멀었을 터이다. 98세로 은퇴할 때까지(아, 얼마나 놀라운 전문가인가!) 와인스턴은 정의와 양심을 중시했던 사법의 상징적 존재였다.

내가 최악의 전문가라 생각하는 P는 '후배들에게 일을 좀 양보할 것이지 왜 인력이 넘쳐나는 곳에서 아직도 원로판사라는 명분으로 방망이를 두드리고 있지?'라는 생각이 들 때부터 예감이 좋지 않았다.

긴긴 이야기를 생략하고 요점만 적자면, 나는 동물을 혐오하는 이웃들의 모함 때문에 전과자가 될 뻔했다. 고발당한 나는 운이 없어 고발자와 같은 레벨 인격체의 판사를 만났다. 그 판사로 인해 형사소송과 민사소송 모두 진 뒤 상대방 변호사의 수임료까지 물어줘야 했으니 내겐 억울한 기록이 남아 있을 것이다.

나를 전과자로 만들려고 혈안이 되었던 여성은 자주 꽃다발을 품에 안고 다니던 미모의 삼십 대였다. 그녀가 내 눈앞에서 스스로 가해를 한 뒤 "쳤어! 쳤어!" 하는 순간, 어디선가 두 명의 증인이 나타나 "쳤어! 쳤어!"를 복창했다. 증인으로 나선 그 둘은 이웃들이 체머리를 흔드는 동물혐오주의자들이다. 있을 수 없는 일이 일어났지만, 나는 당황하지 않았다. 그들이 돈을 노리고 공모했든 동물을 혐오해서 공모했든 현장에는 그 무렵 설치된 공용 카메라가 작동되고 있었다. 미모의 삼십 대 여성이 내게 맞았다고 주장하는 장소에는 2대의 사설 CCTV도 돌아가고 있었다. 그래서 쓴웃음을 지으며 가던 길을 마저 갔던 나는 고소당했고, 죄명은 '도로 폭행 후 도주'였다.

치명적인 약점(상대적으로 늙었고 미모도 달린다는 점)이 있었지만, 나는 조금도 걱정하지 않았다. 그 사건에 처음 배당된 형사는 내게 "CCTV를 확인했다. 원하면 당신이 와서 볼 수도 있다"라고 했다. 정의를 믿었던 나는 알겠다고만 했다.

그런데 어떻게 된 일인지 다시 형사가 배정되었고, 상황이 확 달라졌다. 모든 CCTV가 "작동되지 않았다", "정전되었다", "지워졌다"라는 것이다. 그로 인해 가장 먼저 나의 결백을 입증해줄 CCTV 영상이 증거물로 채택되지 못했다. 사건의 심각함을 인지한 나는 변호사 입회하에 다시 그 사건을 배당받은 담당 형사에게 "나는 때린 적이 없으며 고발인이 스스로 자해했다"라는 진술을 해야만 했다. 그랬건만 바뀐 형사는 내가 "때렸다고 자백했고, 형사인 자신이 보기에도 때린 것이 분명하니 기소하라"며 사건을 검찰에 송치했음도 뒤늦게 알게 되었다.

나중에 심윤경 작가가 마련해준 자리에서 우리나라 최대 법률회사의 임원이라는 변호사에게 그간의 일을 설명한 뒤 "지웠군"이라는 말을 들을 때까지도 나는 설마 하는 심정이었다. 심지어 나는 일당 중 하나라도 나를 찾아와 사과하면 용서해줄 마음도 있었다. 하지만 나를 고소한 사람과 공범들은 그 뒤에도 욕설을 퍼붓고 휴대폰을 내 눈앞으로 들이대며 수시로 동영상을 찍는 등의 행위를 멈추지 않았다. "고양이만도 못한 인간아!"라고 복창해대는 그들은 고양이가 모기만큼도 사람을 해치지 않는 고귀한 생명임을 모르고 있었다.

누군가가 지워버린 CCTV로 인해 결정적인 증거를 제시하지 못했던 그 사건은 부작용이 컸다. 공범은 증인으로 인정될 수 없다는 내 변호사의 주장대로 그들은 내게서 십 원도 얻어내진 못했지만, 진압할 수 없는 들불처럼 동물혐오주의자들의 가해가 계속되었다. 그래서 그 사건은 법원까지 갔다. 사건 초반에 법을 믿으며 점잖게 있었던 나는 운이 나빴음을 절실히 깨달았다. 마지막엔 앞에서 언급한 원로판사가 내 사건을 맡았는데, 그가 최악이었다. CCTV가 정전되었거나 지워졌거나 작동되지 않은 그때 길고양이에게 밥을 주는 내게 그들이 한 행위가 '공익을 위한 것이다'라는 판결을 내린 것이다. 그 위인은 인력이 넘치는 그 집단에서 어찌어찌하여 원로판사라는 직책으로 방망이를 두드리고 있었지만 편견으로 가득 찬 자격 미달의 인간이었다. 지금은 강과 나무에게도 인간과 똑같은 권리를 부여하는 자연법이 시행되는 나라가 있고, 그 흐름은 점점 장대해질 것임을 그가 알 리 없었다. 우리나라에서 시행되고 있는 동물보호법이나 초상권 보호도 자기 편견대로 해석한 사람, 그는 한마디로 베일이라도 쓰고 다녀야 할 위인이었다. 그가 '전문가답게'는커녕 제 품성껏 내린 판결로 인해 우리 골목에서는 어제도 오늘도 무법천지라 할 만한 일들이 계속되고 있으니 결과적으로 그는 범죄를 양산한 판사이다.

더 어처구니없는 것은, 나중에 알았지만, 자해한 젊고 아름다운 여성이 중증 정신질환자라는 사실이다. 줄

곧 뭔가가 상당히 이상하다고 생각했는데, 그녀에겐 심한 정신 병력이 있었다. 지금도 꾸준히 약을 복용해야만 간신히 일상생활을 유지할 수 있는 장애가 있는 사람과의 법적 싸움이라니. 우리나라의 잘난 형사와 판사와 검사도 그런 사람에게 놀아난 셈이니 두고두고 맥 빠질 일이다.

근처에 사는 문단 선배도 어려운 일을 겪고 있다. 처음 만났던 이십여 년 전부터 그는 스테로이드 중독 피해자였는데, 복용자 모르게 은폐된 스테로이드 처방으로 부를 쌓은 약국을 당할 수가 없었던지 최근 법원에 다녀온 내게 전화로 의견을 물었다. 사법의 붕괴에 대해 고뇌하고 있던 나는 그분의 고소 사건이 진행되는 이야기를 다 듣고 난 뒤 멈출 것을 권했다. 왜 그래야만 하는지 나는 체험을 근거로 한 이유를 설명했고, 선생님은 그간의 경험을 통해 내가 옳다며 '하늘에 맡겨야겠다'라는 판단을 내렸다. 그랬건만, 어제 통화로는 그가 변호사를 선임해 법적 대응을 하고 있단다. 그동안 피해만으로도 생사의 갈림길에 선 그분이 아직도 사회 정의를 믿는 모습은 가히 존경스럽다. 와인스턴의 말대로 “수많은 시민이 합법적 권리를 회복 불능 수준으로 침해당하고 있”지만, 대다수가 그럭저럭 살고 있다. 소수의 사람만이 정의 실현을 위한 의지를 불태우고 있다. 선배에게 부디 정의가 실현되기를!

굶주린 동네 고양이에게 밥을 주기 전까지 나는 인간에 대한 낭만이 있었다. 성악설이니 성선설이니 하는 대화마다 대체로 부정적 의견을 말했음에도 내심 인간의 선한 면에 대한 믿음이 있었다. 그랬건만 삼십여 년 봐온 이웃의 진면모를 보고 몸서리쳤고, 그런 한편 반대급부의 사람들도 있음에 감사했다. 그들이 없었으면 나는 이렇게 생각할 수 없었을 것이다.

‘내가 이 지점에서 인간을 사랑할 수 있으면, 꽤 괜찮은 존재일 터이다.’

‘떼굴이’, ‘하트’, ‘캔디’

깨어진 하트

고양이를 좋아하지 않던 시절, 내가 첫눈에 끌린 고양이는 떼굴이와 그의 여자친구다. 그 커플은 시인 H가 밥을 주는 용산구에서 살고 있다.

어느 한 시기, 나는 사람들과의 연락을 끊고 조용히 살았다. 조금 외로웠지만 내면을 다지는 알찬 기간이었다. 우리가 만나지 않던 그때 H는 캣맘이 되었고, 사경을 넘어 다시 일상으로 돌아왔다. 그녀가 생사의 갈림길에 있을 때도 길고양이 급식을 못할까 봐 걱정했고, 그걸 보다못해 주변 사람들이 대신 급식을 해줬다는 말도 뒤늦게 들었다. 캣맘이 뭔지도 몰랐던 나는, 처음엔 우리가 영원히 못 볼 수도 있었다는 후일담에 충격을 받았다. 똑같은 캣맘이 되어 있는 나는, 지금이라면 그녀가 캣맘이 되었다는 사실에도 큰 충격을 받았을 것 같다.

몇 년을 조용히 살던 내가 슬슬 움직이기 시작하자 친구들은 길고양이에게 아까운 삶을 낭비한다며 H의 길고양이 급식을 좀 제지해 보라고 말했다. "조은의 말은 들을지도 모르잖아"라거나 "밥을 주더라도 좀 정도껏 해야지. 반 이상 줄여야 해"라는 말을 자꾸 듣던 나는 일단 직접 가서 보기로 했다.

그때 떼굴이 커플을 만났다. H를 따라 눈이 쌓여 있는 작은 공원으로 들어서자 인기척을 느낀 노란빛 고양이가 어디선가 나타났고, 뒤를 따라 삼색 털이 뒤섞인 암컷이 조용히 모습을 나타냈다. 노란빛은 내 친구를 보자마자 반기다 못해 눈밭 위에 누워 떼굴떼굴 굴렀다. 이름에 맞는 녀석이었고, 여자친구와는 몸체와 영혼처럼 잘 어울렸다. 암컷이 떼굴이를 믿고 의지하는 만큼이나 떼굴이도 똑같이 의지하는 모습이 아름답다 못해 슬퍼 보였다. 두 녀석이 남긴 여운이 너무도 커서 나는 이따금 H를 돕는답시고 길고양이 급식에 동행해 그 커플을 보곤 했다.

그 아슬아슬해 보이던 커플의 사랑을 지켜주고 싶다는 생각을 여러 번 했다. 내겐 현실이 될 수 없는 생각일 뿐이었다. 그때 한옥인 우리 집 지붕 위에도 길고양이 가족이 살고 있었고, 같은 골목에 사는 이웃들은 하나같이 고양이를 싫어했다. 한 노인은 독약을 탄 음식을 우리 집 지붕 위로 투척해 거기 살던 고양이를 독살하기도 했으니 고양이를 집에 들여야 한다면 지붕 위 녀석들이 먼저였다. 어쨌든 장난감처럼 작은 한옥의 실내로 고양이를

들여 같이 산다는 것은 현실적으로 불가능한 일이었다. 그러니 떼굴이 커플은 잊어야만 했다.

지금까지 떼굴이 커플은 살아 있다. 우리가 처음 만난 작은 공원에서 쫓겨나 여러 곳을 전전하던 그 커플은 컨테이너가 놓인 골목에서 살고 있다. 흉물스러운 컨테이너 앞에서 "떼굴아! 떼굴아!" 부르면 커플은 귀신같이 알고 나타나고, 한 녀석은 변함없이 떼굴떼굴 구른다.

지금껏 나는 수많은 길고양이를 입양 보냈다. 고양이를 꽤 잘 알고 있는 한 친구는 '고양이 입양이야말로 진실한 인간관계의 척도'라고 말한다. 그렇다면 나와 나의 인연들은 꽤 괜찮은 인간이란 뜻!

하지만 하트의 입양이 쉽지 않은 것은 뜻밖이다. 하트는 내가 본 고양이 중 가장 인간에게 친밀감을 보이는 고양이이기 때문이다. 하트가 나를 기다리는 장소에 날마다 들개들이 몰려다니기 때문에 나는 정말로 하트를 좋은 곳으로 얼른 입양 보내고 싶다. 이 생각은 최소 5년 이상 되었다. 하트가 길거리 급식소에 나타난 뒤 네 번 이상의 겨울을 보내며 끊임없이 머릿속에서 떠나지 않는 생각이다 보니 하트 입양이 이젠 소망처럼 되었다.

늘 없는 시간을 쪼개 길고양이들에게 밥을 주느라 나는 길고양이들과 눈을 맞추지 않는다. 하지만 스캔하듯 보기 때문에 남들보다 더 빨리 정확하게 보는 것만은 분명한 것 같다. 언젠가 친구가 입양한 뒤 방임한 고양이, 가여운 캔디를 찾아다닐 때. 나는 생김새가 확연히 다른 고양이를 사람들이 구분하지 못하는 것을 보고 많이 놀랐다. 심지어 진회색 줄무늬 캔디를 제보하는 사람 중에는 흰둥이와 올 블랙인 고양이를 잡아두고 "여기 캔디 있어요! 빨리 오세요!"라거나 "캔디야, 엄마한테 야옹, 해봐!"라고 한 사람도 있었다. '이번엔 정말 같아!'라는 생각으로 택시를 잡아타고 경기도까지 달려간 내겐 맥 빠지는 일이었다.

삼색 카오스 길고양이 '하트'의 이름은 가슴에 있는 커다란 하트 무늬 때문에 생겼다. 어느 날 급식에 동행했던 화가가 보고 말해주지 않았다면 나는 영영 그 문양을 보지 못했을지도 모른다. 길고양이에게 이름을 지어주지 않는 내게 하트는 털 무늬 때문에 영원히 편의점 앞 카오스로 통했을 것이다.

개처럼 사람을 잘 따르는 고양이를 이 세계에서는 '개냥이'라고 부른다. 하트야말로 누군가에게 유기되어 내 급식소에 나타난 으뜸 개냥이다. 집에 들인 고양이들의 털끝 하나 만져보지 못한 채 살고 있는 나로서는 만나자마자 내 다리에 몸을 비비며 꼬리를 감아대는 하트가 좀 특별했다. 딱히 예쁜 얼굴이라 할 수는 없지만 하는 짓마다 예쁜 하트야말로 내 눈에 더 없는 미묘로 보인다. 하트를 안고 와서 우리 집의 순화되지 않은 고양이들 앞에서 날마다 쓰다듬고 코로 뽀뽀하며 약을 올려주고 싶기도 하다. 장담하건대 하트는 손가락 하나만 써도 잡아올 수 있다.

지난해, 엄청난 비가 쏟아질 때 나는 편의점 앞에서 발이 묶인 채 비가 멎기를 기다리고 있었다. 금세 불어난 물에 온갖 쓰레기가 떠내려간 뒤 탁한 빗물이 언덕 아래로 세차게 흘러갔다. 그때 언덕 위 급식소 앞에서 그 비를 맞고 있는 하트가 보였다. 곧 그칠 줄 알았던 빗발은 점점 거세졌고, 물살에 경계가 지워진 길이 소용돌이치고 있었다. 그날, 하트는 끝내 나를 알아보지 못했다. 나를 기다리다 혼비백산이 되어 돌아가는 하트가 빗물에 떠내려 가지 않기를 바라며 아슬아슬한 심정으로 멀리서 바라보던 그 순간, 나는 하트의 입양처를 찾기로 결심했다. 하지만 아직 하트는 똑같은 패턴으로 내 시야에 나타났다 사라진다.

하트를 입양 보내기 위해 그 장소로 데리고 갔던 사람만도 여럿이다. 그들은 내가 나타날 때까지 목을 빼고 한 점을 노려보다시피 기다리는 하트를 보았고, 그 길 끝의 급식을 마친 내가 돌아오는 중간 지점까지 마중 나와 또 하염없이 기다리는 하트를 볼 수밖에 없었다. 녀석의 깨끗한 치아, 중성화의 부담을 덜어주는 잘린 귀 한쪽도 안 볼 수가 없었다. 내가 다른 길로 돌아온 날엔 하트가 마중 나온 곳에 앉아 한밤중까지 나를 기다렸다는 이야기를 들은 사람들도 가여운 하트를 안고 가지 않다니 이상할 따름이다.

나는 스타야

내가 아무래도 이번엔 벌금을 내고 별을 달게 될 것 같다. 어쩌면 아직 별을 달진 않았지만, 나의 흔적을 경찰서에다 여러 번 남겼으니 그 또한 별이 되어 나의 사회적 정체성이 되었을 것이다. 고양이 때문에 고소당한 일이 이번만이 아니기에.

맨 처음 나를 고소한 사람은 한 여행사의 대표였다. 그 여행사의 공동 대표인 다른 이도 똑같은 유형의 사람이지만, 늘 다른 대표 뒤에 서 있었다. 길고양이에게 같이 약을 놓고, 학대하다 못해 사람인 나까지 밟아 죽일 기세였던 그들을 생각하면 아직도 내 인생에 정말 그들이 있었나 싶고, 믿어지지 않는다. 그래놓고 홈페이지에다 떡

하니 동물에 대한 열정과 순수한 감성 등을 설파한 그들을 생각하는 것만으로 심장이 벌떡거린다. 화장실에서 내는 소리도 아름다워야 할 그 청춘들의 위선과 폭력을 생각하면 섬뜩하다 못해 경기를 일으킬 정도다. 그들이 공중파를 타고 위선적 세를 확장하기도 했으니 우리 사회가 얼마나 허술한가.

얼마 전에는 즐겨 듣는 라디오 음악 프로에서 귀에 익은 이름을 들었다. 흔한 이름이 아니라 금방 생각날 듯했지만 입에서 이름이 뱅뱅 돌기만 할 뿐 기억나지 않았다. 진행자가 그이가 보낸 나긋나긋하고 낭만적인 사연에 고무되어 이름을 여러 번 말할 때까지도 나는 귀에 익은 그 이름을 가진 사람을 기억하려 애쓰고 있었다. 코로나19로 인해 운영하던 여행사 일을 잠시 접고 외국의 섬에 머무는 동안 보낸다는 사연을 반추하던 진행자의 멘트가 너무 길다고 생각되던 순간, 여행사의 한 공동 대표가 떠올랐다. 그 나긋나긋한 사연을 보낸 사람은 그였다. 직접 겪어보지 않았다면 나도 라디오의 진행자처럼 그 사연으로 인해 잠시 마음이 훈훈해졌을 테다.

이따금 자신들의 생업이 우리 사회에서 어떤 상징적

의미를 갖는지도 모른 채 이윤만 추구하는 젊은이들을 만날 때가 있는데, 그들이 대표적인 예였다. 그뿐인가. 우리 집 바로 앞엔 개집을 주문받아 제작하고 판매하는 젊은 사람도 있다. 대화할 때마다 반은 영어를 섞는 그 역시 동네에 나타나자마자 길고양이들에게 지독하게 굴더니 이웃들을 선동했다. 그러기 전까지 그가 풍기는 분위기는 얼마나 근사했던가!

내 부탁을 받고 우체국공익재단의 뜰에 있던 아카시아 나뭇가지를 쳐서 고발당한 목사에게서 어제 전화가 왔다. 2시에 종로경찰서에 조사받으러 가기로 했는데 아파서 도저히 못 가겠다면서 담당 형사의 전화번호를 묻기 위해서였다. 내가 부탁했을 때 바로 달려가 나무를 자르려고 했다면 그쪽에서 '노 땡큐' 하는 것으로 간단히 끝났을 일을 그가 너무 늦게 일을 시작하는 바람에 '노 땡큐'는커녕 무단침입한 괴한이 남의 재산을 훼손한 죄가 되었다. 나는 그걸 사주한 사람이 되어 있었다.

종로경찰서로 불려가 취조받을 때 형사가 말했다.

"몇백만 원의 가치, 아니 몇천만 원이 되는 남의 나무를 마음대로 베어버려도 됩니까?"

그런 비싼 잡목이 있다니! 듣다 못해 한마디 할 수밖에 없었다.

"형사님. 자꾸 나무, 나무 하시는데, 정확히 가시가 날카로운 아카시아나무라고 명시해 주세요."

"아카시아나무는 나무가 아닙니까?"

"물론 나무가 맞습니다. 다른 것은 그토록 세세히 따지면서 가시가 있는 잡목을 자꾸 나무라고 두루뭉술하게 말하니 이상합니다. 제가 대추나무나 감나무 같은 유실수를 자른 것도 아니고, 천년을 산다는 주목을 자른 것도 아니고, 가시 때문에 위험해 보이는 아카시아나무 가지를 선의로 자르도록 한 거잖아요."

"가지를 잘랐다고 자꾸 말씀하시는데, 제 눈엔 나무를 싹둑 베어버린 게 확실합니다. 여기 사진도 찍어 왔어요. 보세요."

"형사님에겐 이게 나무를 완전히 베어버린 거로 보인다지만, 제겐 명백히 가지 몇 가닥 자른 것으로 보입니다."

"여길 보세요. 톱으로 아예 베었잖아요. 이렇게 나무를 톱으로 벤 것을 가지고, 가지만 쳤다고 하십니까?"

"네, 잘 보세요. 원줄기엔 손도 대지 않았네요. 애초에 저는 그 나무를 밑동까지 잘라 달라고 부탁했어요. 그렇게 했다면 나무를 완전히 벤 거였겠죠. 아카시아나무 옆에 있는 길고양이 급식소로 날마다 간식을 주러 오는 소아암 환자에게 위험하다고 판단해 일부러 찾아가 부탁한 거니까요. 일머리가 없는 그 사람이 힘에 겨워 이렇게 가지만 자른 거예요."

"그럼 그 아카시아나무는 누구 겁니까?"

"우체국공익재단 나무입니다. 선의가 앞서서 이렇게 되었습니다."

취조 전에 그는 기계에다 내 지문을 찍고, 주민등록증을 복사했다. 전에도, 그전에도 그랬던가? 늘 마음이 뒤숭숭한 상태로 경찰서를 드나들어서인지 기억나지 않았다. 아, 이런 일에 익숙해져서는 안 된다!

취조를 끝낸 형사가 조서를 프린트한 뒤 내 진술대로 타이핑되었는지 읽어보라고 했다. 나는 맨 먼저 나무가 아카시아나무로 되어 있는지 확인했다. 왜 남의 나무를 잘랐는지 묻는 질문에 나는 어수선한 상태로 대답했지만, 사실만을 말했기 때문인지 수정할 부분이 보이지 않았다.

'더운 날 인부들이 제초작업을 하고 있었어요. 그들도 급식소 옆에 있는 아카시아나무가 위험하다고 느꼈던지 가지 몇 개를 치더니 힘에 부치는지 곧 그만두더군요. 거기 있는 길고양이 급식소에 날마다 소아암 환자가 와서 길고양이들에게 간식을 주고 물도 갈아주고 가요. 우체국공익재단에서 운영하는 한사랑의 집에 장기 체류 중인 환자인데, 나는 그 아이가 다칠까 봐 늘 걱정됐어요. 그래서 선의로 대신 아카시아나무를 없애줘야겠다고 생각했고, 심지어 재단에서 제게 고마워할 거라고도 생각했어요. 제 부탁을 받고 목사가 바로 갔으면 오해가 없었을 거예요. 그런데 부탁한 제가 까맣게 잊을 만큼 한참 지난 뒤에 가서 나뭇가지를 쳤기 때문에 일이 커진 거예요.'

진술했던 대로 나는 정말로 그 아이가 다칠까 봐 걱정이었다. 그곳에서 여러 번 아카시아 가시에 찔렸던 나의 안전은 안중에도 없었다. 그 아이가 다칠지도 모른다는 걱정만으로도 나는 잠을 잘 수 없었다. 그런 내게 나무를 베어버릴 수 있는 절묘한 순간이 왔던 것이다.

진술서엔 목사가 일머리가 없어 나뭇가지를 흉하게 쳤으며, 부탁할 때 내가 직접 그를 데리고 현장으로 갔고, 거기 있는 아카시아나무 다섯 그루를 땅에 바짝 붙여서 다 잘라 달라고 했는데 한 그루의 가지 몇 개밖에 자르지 못했다는 내용은 생략되어 있었다. 아무리 바짝 베어버려도 아카시아나무는 생명력이 강해 죽기는커녕 다음 해

에 그만큼 자라난다, 과수원집 딸이었던 나는 그 사실을 잘 알고 있다 등의 주장도 생략되었다.

대신 공격적으로 느낄 수 있는 이런 말은 그대로 적혀 있었다.

"법대로 하세요. 취직을 하지 않아도 되니 얼마나 다행입니까?"

선배 형사가 슬그머니 접근해 내 앞의 형사에게 자꾸 뭔가를 지시한 점, 매뉴얼에 입각해 철저히 나를 대한 점, 그 밖의 기타 등등으로 미루어 내 앞의 형사는 신입인 듯했다. 그런 생초보 앞에서 꼬박꼬박 대꾸해야 하는 신세가 한심해 솟구치는 눈물을 감추려고 나는 안간힘을 썼다. 우리나라 4대 언론사의 편집부만큼이나 넓은 그 방에서는 여러 팀의 형사과가 횡으로 책상을 놓고 있고, 중간 지점을 복도처럼 쓰고 있었다. 나는 눈에 맺힌 눈물을 말리며 형사3과쯤에서 왔다 갔다 하는 한 형사를 좇고 있었는데, 그는 지난번 자해한 젊은 여성이 내게 맞았다며 고발한 사건을 처음 배당받았던 형사였다. 첫 통화에서 그는 엄하게 내게 말했다.

"길고양이 밥을 주는 사람이 왜 사람을 때리고 다닙

니까?"

"저는 때리지 않았어요. 그 여자가 내 앞에서 자해하고 억울한 사람을 고발한 거예요."

이미 각오하고 형사의 전화를 기다리던 내 목소리는 스스로 놀랄 만큼 차분했다.

잠시 침묵하던 그는 "그럼 CCTV를 열어야 하는데…"라며 급히 전화를 끊었다.

결과를 기다리다 먼저 전화를 한 건 나였다.

"CCTV 동영상을 확보했어요. 어제 직원들과 현장에 가서 열었어요."

"그럼 제게 아무 잘못이 없다는 걸 아셨겠네요. 저도 볼 수 있나요?"

원하면 와서 볼 수도 있다고 말했던 형사. 그는 이런 말도 했다.

"생각이 다른 사람을 용서해야 합니다. 용서하세요."

동영상을 본 그는 나의 선처를 일갈하고 있었다. 그때 나는 이런 생각을 했다.

'생각이 다른 사람은 얼마든지 수용할 수 있습니다. 생각이 다르다고 무고한 사람을 범죄자로 만들려는 사람은 다르죠. 용서하기 전에 진실부터 밝혀야 하지 않나요? 당장 진실이 밝혀지지 않으면 나는 맨 처음 당신이 권했던 대로 타협하거나(그래도 전과가 남는다죠?) 벌금을 내야 하는데, 남의 진실을 가지고 당신이 선심 쓰지 마세요!'

삼십여 분 전, 대기실에서 눈을 감고 심호흡을 하는 내게 무슨 일로 왔냐고 물은 사람도 그였다. 사건이 다른 형사에게 다시 배정되는 바람에 취조실에서 제대로 마주 앉진 않았지만, 넓은 형사과에서 짧게 두어 번 봤던 그는 볼 때마다 선량해 보였다. 이상하게도 그의 선량함이 인간 최대 장점인 유능함으로 보이긴커녕 무능함으로 보였다. 마스크를 쓰지 않아도 되던 때 만났던 그는 나를 알아보지 못했다.

취조가 끝난 뒤, 방을 옮겨 여러 번 날인하려고 할 때 나는 준비한 도장을 내밀었다. 내가 필명을 막 가졌을 때 언니가 선물로 준 초록빛 옥도장이었다. 손에 인주를 묻히기 싫어 나무로 된 도장을 찾다가 포기할 때쯤 손에 걸린 도장이었다. 가족들이 전대미문의 지금 내 모습을 보면 심정이 어떨까.

"어, 절차를 잘 아시네요. 경찰서에 자주 와봤나 봅니다."

그는 이미 여러 번 전화로 내 주민등록번호를 물었던 사람. 내 인생에 별이 박혔는지 돌이 박혔는지 어떤 종류의 기록이라도 남아 있을 테니 능청을 떨고 있는 거였다.

"배고픈 고양이에게 밥을 주다가 여러 번 왔습니다. 아마 또 오게 될 겁니다."

여행사의 고발 사건은 예전에 종로경찰서 강력계로 배정되었다. 담당 형사까지 내놓고 동물을 혐오하는 것을 보며 나는 캣맘들이 경찰서에 오면 이런 서슬에 벌벌 떨다 가겠구나 했었다. 이번에 배정된 형사는 대체로 온화했고, 통화 중에는 이런 일을 겪는 내가 안타까운지 "아, 그러게 왜 나무를 자르셨어요?" 등의 말을 불쑥 하곤 했다.

한 사람이 나타나 악을 깨우는 바람에 이웃들이 죄 없는 나를 폭행범으로 만들려던 2020년의 사건으로 종로경찰서에 갔던 날, 경찰서 문을 나서자마자 심한 호흡장애가 왔다. 상상력이 풍부하기 때문인지 타인이나 타생명의 고통에 감정이입이 나보다 빠른 사람은 없는 것 같다. 때문에 나는 원하지도 않은 캣맘이 되었을 테다. 하지만 나는 대찬 데가 있는 사람이다. 나중에 내 사건을 맡아, 늦었지만 어떻게든 도와주고 싶어 했던 종로경찰서 경제1팀의 팀장과 수석 형사(둘 다 여자다)도 내게 의지가 강한 사람이라고 말했다. 그런 내가 심한 호흡 장애로 고통받는 것은 순전히 스트레스 때문이다. 변호사의 의견대로 제출한 진단서(폭행 사건으로 인해 극심한 스트레스를 받음으로 나타나는 공황장애)도 법정에서는 아무 도움이 되지 않았을뿐더러 상대방이 주장하는 '조현병력을 가진 것으로 보인다'라는 데 힘을 실어준 것 같았다.

전과자가 되는 것보다 이웃들에 대한 분노와 절망으로 가슴 아팠던 그 날 역시 종로경찰서를 나오자마자 심한 공황이 왔다. 그때 심한 호흡 장애로 헉헉대며 '누가 지금 당장 나를 좀 죽여줬으면!' 하던 그 장소에서 나는 이번엔 대물손괴죄를 저지른 사람이 되어 또 심호흡을 했다. 혹시 싶어 가지고 갔던 약을 손에 쥐었지만 쇼크까지 가진 않았다.

나는 지금의 내 인연들이 끝나지 않을 것임을 늘 상기하며 살고 있는 사람이다. 살아 있는 한 인연은 엮이고,

또 엮인다.

내게서 두 마리의 성묘를 입양한 사람과 오랜만에 만나 점심을 먹을 때도 그걸 깨달았다. 어쩌다 가게 된 그 식당에서는 나이가 지긋한 남성이 혼자 식사를 하고 있었는데, 이상하게도 자꾸 그에게로 눈길이 갔다.

"아!"

어느 순간 생각났다. 그는 아카시아나무 때문에 우리를 고발한 당사자이자 우체국공익재단의 최고책임자인 총장이었다. 담당자 선에서 일이 마무리되지 않아 총장과 마주했던 자리에서 그는 상석에 앉지 않고 나뭇가지를 자른 목사와 나의 맞은편에 앉았다. 그 점에서부터 그는 나의 눈길을 끌었지만, 그렇다고 '수천만 원 이상 하는 아카시아나무'를 강조하는 그가 겸허해 보이지도 도량 있어 보이지도 않았다.

계속 말을 듣다 보니 그가 작은 일도 직접 챙기는 꼼꼼함에다 대쪽 같은 성정을 지녔음을 알았다. 우리 사회가 지켜내야 할 원칙들이 편의에 의해 쉽게 무너지는 요즘 같은 세상엔 그런 사람의 역할이 더욱 필요하다는 생각이 들었다. 한편으로는 직원을 믿지 못해 종이 한 장까지 직접 챙기는 것처럼 보이는 그가 아랫사람을 무능하게 만들 거라는 생각도 설핏 들었다.

총장은 마스크를 벗고 다른 옷을 입은 나를 알아보지 못했다. 하지만 자신에게로 자꾸만 향하는 눈길을 어느 순간부터 의식하는 것 같았다. 식사를 마치고 나가면서 그는 종업원에게 잘 먹었다는 인사를 했다. 그 모습이 보기 좋았다. 그가 동물혐오주의자인 줄 몰랐다면 훨씬 더 멋있어 보였을 테다.

그 사건이 종결된 뒤 나는, 우체국공익재단 안에 있는 문제의 급식소를 총장실에서 보이지 않는 곳으로 옮겨 놓았다. 눈에서 멀어지면 피차 편할 것이라 판단한 거였다. 옮긴 곳에도 내가 애초에 베어버리려고 했던 아카시아나무 다섯 그루 중 두 그루가 있었지만 최선의 장소였다.

그랬건만, 얼마 지나지 않아 나는 또 경악했다. 우체국공익재단에서 거기 있는 아카시아나무 가지를 잘라 급식소 지붕을 덮고, 고양이들이 오가는 길도 막아버린 것이다. 내 눈에 띌 때까지 그곳의 고양이들은 굶어야만 했다. 뺏센 가시에 찔려가며 친구와 급식소 주변을 정리하면서도 나는 닥친 현실이 믿어지지 않았다.

요즘 나는 친구들에게 말한다.

"나는 스타야."

내가 겪어냈거나 겪고 있는 일을 알고 있는 친구들은 착잡한 듯 웃는다. 언젠가는 스타 운운하며 쓴웃음을 짓는 내가 속마음까지 유쾌해질 수 있을지도 모른다.

아, 정말로 궁금하다. 우체국공익재단은 나를 스타로 만들었을까? 나는 이미 여러 번 스타가 되었을까?

무섭도다, 인생 총량의 법칙

이십 대의 어느 날, 명성을 날리던 역술가를 만난 적이 있다. 그가 역술가였으니 내 사주에 관심이 없을 리 없었다. 물 만난 물고기처럼 그는 많은 말을 했다. 아직도 기억나는 말은 내가 큰 나무이고(그 앞에다 '엄청난'이라는 말을 붙였었지) 미적 감각이 뛰어나며, 직관이 발달했다는 것이다. 허름한 차림으로 예정 없이 보게 된 사람이라 내가 피식 웃자 그는 더 열성적으로 말했다. 그러던 중에 나온 말도 기억이 난다.

"당신은 사람들에게 인기도 있어요! 늘 주변에 사람들이 벅적댑니다!"

그 말에 나는 속으로 코웃음을 쳤다. 같이 있던 친구

가 곰곰 생각하더니 나 대신 대꾸했다.

"아, 그런 것 같아요."

그때 나는 그의 말을 신뢰하지 않았다. 그런데, 삼십 년 넘게 경복궁 근처에 살면서 끝없이 내 집을 찾아오는 사람들을 보며 뒤늦게 그 말을 수긍하지 않을 수 없었다. 딱히 일부러 찾아온 사람이 아니더라도 나는 길에서 많은 사람을 만나곤 한다. 어느 날엔 버스를 잘못 타 사직단 앞에서 환승하려고 잠깐 서 있던 초등학교 동창이 나를 알아본 적도 있다. 나는 특히 T자형 길에서 사람과 잘 만난다. 간발의 차이로 스칠 수 있는 그 지점에서 나는 자주 아는 사람과 마주쳐 잠시 이야기를 나누느라 넉넉히 집을 나섰음에도 약속 장소에 제시간에 도착하기 위해 숨이 가쁘다. 그걸 아는 사람들은 말한다.

"조은 땜에 피곤해. 같이 오다가 또 아는 사람을 만났어."

그러면 나도 한마디 하곤 한다.

"내가 그 사람을 거기서 만날 거라고 상상이나 했겠냐?"

대문을 열었을 때 우리 골목을 기웃거리던 행인 중에

내가 아는 사람은 또 얼마나 많았던가. 골목에 섰던 사람도 대문 안에 있던 나도 놀라 기겁을 했을 정도로 예기치 못한 마주침. 그래서 나는 '지금 이 사람과 분명 언젠가 또 만날 거다'라는 생각을 늘 하고 있다. 그러니 내 모습은 결코 다시 안 볼 사람에게 하는 행동일 리가 없다.

다른 사람들은 그렇지 않은지 내 눈에는 피할 수 없는 인연들이 다시 안 볼 사람처럼 싸우는 것을 자주 본다. 길고양이의 생사와 얽혔을 때 그들이 하는 행동은 내게 최악이다.

잠깐 집 앞에 서 있을 때, 길고양이에게 악행을 일삼는 여자가 내게 코웃음을 치며 지나갔다. 우리 집 앞에도 꽃들이 심겨 있기 때문인 듯했다. 한 건물주의 동거인인 그녀는 마술 손을 가졌는지 식물을 잘 키우는데, 그 모두를 집 앞 길가에 내놓았다. 꽃들은 그녀만큼이나 의기양양하게 버티고 있다. 길고양이에게 밥을 주느라 오가는 길에서 내 시선이 그 꽃들에게 닿으면 그녀의 얼굴은 불쾌감으로 벌겋게 달아오른다. 그걸 느낀 뒤부터 그 꽃들은 내게 스트레스가 되었다. 제발 그것들을 집 안으로 들여놓았으면 좋겠다.

그녀는 "나는 고양이가 싫다. 쥐는 수천 마리가 있어도 괜찮지만 고양이는 한 마리도 남김없이 독살해야 한다"라는 말을 입에 달고 사는 사람이다. 그녀는 그 기세로 구청에 제출할 탄원서를 만들어 서명을 받으러 다니며 고양이에게 무심하던 이웃들의 악한 성정을 깨웠다. 백 번 찍어 안 넘어가는 나무 없다는 기세였지만, 말도 안 되는 일이라 이미 끝난 일임에도 불구하고, 고양이들과 나는 아직도 피해를 입고 있다.

훤히 들여다보이는 그 집에 사람이 둘 이상만 모여 있어도 나는 가슴이 철렁 내려앉는다. 그들을 자극하지 않기 위해 길을 돌아다니는 몇 달 동안 그 세력은 더욱 강해졌다.

다시 앞에서 말한 역술가의 말이 저주처럼 들린다. 자신의 말에 수긍하지 않는 내게 그는 더 목소리를 높여 말했다. 서울고등학교를 수석으로 졸업한 뒤 미국으로 가 목사 공부를 했다는 그의 말은 논리정연했다.

"당신 사주는 끝없이 줘야 할 사주예요. 고목을 생

각해보면 알아요. 늙어서도 가지마다 꽃을 피워야 하고, 온갖 새들도 깃들어야 하죠. 벌레도 살아야 하고, 장작도 줘야 하고, 죽은 뒤엔 밑동에다 쉴 사람도 앉혀야 하는 사주입니다."

그때 내 머릿속에 이런 생각이 떠올랐다.

'있어야 주죠. 나는 빈털터리인데.'

그는 그 생각까지도 눈치챘는지 잇달아 말했다.

"본인 생각엔 줄 게 없다고 생각하죠? 하지만, 있어요! 생각해보면 알아요!"

그의 사주풀이를 고양이들과 연관 지으면 딱 들어맞는다는 생각이 들어 지금에서야 섬뜩하다.

동물을 싫어하는 사람 중에서도 공격적인 성향의 사람들은 거침없이 내게 말한다.

"이 인간아, 사람에게나 잘해라!"

내가 최소한 너라는 인간보다는 사람들에게 잘할 거라는 말도, 너야말로 사람에게라도 잘하라는 말도 꾹꾹 눌러 삼킨다. 식물도 동물도 좋아하는 사람이라면 모를까, 내 대답은 어떤 것이든 그들에게 자극만 될 것이다.

그들 중엔 텃밭을 좋아하는 사람도 있고, 꽃을 잘 가꾸는 사람도 있다.

문득 아주 오래전 나의 직장 상사가 생각난다. 그는 타의 추종을 불허할 정도로 인색하였기에 잊으려야 잊히지 않는 인물이다. '난초광'이었던 그는 근무 시간에도 가까이 있는 집으로 가 난초를 들여다보곤 했다. 풍란으로 유명한 섬 출신 신입사원에게 천연기념물인 난초를 구해 달래서 기필코 뜻을 이루었던 그는 난초가 꽃을 피울 때 나는 소리도 듣는다고 했다. 난초는 나도 좋아하건만 누군가가 난초를 아주 좋아한다는 이야기만 들으면 즉각 그가 떠오르다 못해 인색한 이미지까지 겹쳐지곤 한다. 아, 이것은 얼마나 분별없는 연상작용인가!

1980년대 초였던 그때 이미 코 성형이나 눈 성형에 안달하던 여직원들이 나태하게 미루던 일을 마냥 묵묵히 했던 나는 누군가의 의지로 그들의 호봉까지 몽땅 소급해 받는 특혜를 누렸지만, 그것도 모른 채 열심히 일했다. 만일 그게 내게 좋은 일이었다면 그로 인해 처한 어려움은 호사다마의 시련에 속했을 테다. 모든 여직원들이 똘똘 뭉쳐 나를 모함했던 것이다. 입사 동기까지 가담한 그 모함을 그대로 믿어 나를 훈계했던 사람도 앞의 난초광이었다. 그가 책망할 때 나는 유난히 얄팍한 그의 입술을 보고 있었다. 그 입술이 얇은 책갈피처럼 달싹거리다 꼭 다물릴 때는 곧 무슨 억울한 소리를 할지 겁이 났다.

성장기 때 우리 집에는 늘 손님들이 들끓었다. 특히 명절에는 화장실 앞에서 오래 줄을 서야 할 정도로 사람들이 많이 왔다. 나는 늘 조용한 환경을 갈망했다. 그래서 훌쩍 집을 나가 걷곤 했다. 걸으면서 나는 형이상학적인 생각이라곤 조금도 하지 않았다. 내 머릿속은 집에 있는 사람들이 언제 돌아가 조용히 지낼 수 있을지에 대한 상념으로 넘쳤다.

측은지심이 많았던 내 어머니는 강한 모성으로 어디로 튈지 모르는 나를 통제했고, 사람들에게 인기가 많던 온화한 아버지는 내게 불만 숨기는 법을 가르쳤다. 그런데 앞의 역술가는 내게 부모 복이 없는 사람이라고 했다. 처음엔 그 말 또한 조금도 수긍하지 않았는데 이제야 인정한다. 힘에 겨운 짐을 지고 살았던 연약했던 어머니는 너무 슬퍼 보여 내게 무거운 존재였고, 한량 같던 아버지는 가족보다 남을 먼저 챙겼기 때문에 내게 분노의 대상이 되곤 했다. 나는 두 사람의 나쁜 유전자만 물려받았다.

언제부턴가 나의 화두는 '인생 총량'이 되었다. T자형 좁은 길에서 피할 수 없는 운명을 만나듯 인생 총량의 법칙 또한 피할 수 없는 것. 좋은 핸드백이나 구두 같은 것에 마음을 빼앗길 수도 있던 젊은 시절에도 '그깟 핸드백! 그깟 돈!' 하던 나는 독신의 홀홀한 삶을 택했고, 그럭저럭 살았다. 이제 복복리의 이자로 그 삶이 가여운 생명을 통해 내게서 환수되고 있다. 그걸 깨달으니 지금 내 삶에 숙연해진다. 그래, 내처 가보는 거다.

◇◇◇

혼자 힘으로는 해결하지 못할 큰일이 생길 때마다
나를 전폭적으로 도와주는 그녀가
이젠 나의 수호천사처럼 느껴지기도 한다.
그녀 같은 캣맘이 더 많았으면 좋겠다.
남산 일대를 세 시간 가까이 같이 다닌 두 청춘 역시
고양이를 엄청나게 좋아한다.
언젠가 두 청춘의 공간에서도 고양이들의 골골송이 흘러나올 게다.

2부

마음을 주면 다 준 거지

'루비'

커다란 루비 한 알

중환자실에 있던 어머니의 임종이 가까웠을 때 병원에서는 가족들이 임종을 지키도록 어머니를 1인실로 옮겨주었다. 가장 슬픔이 컸을 아버지는 자식들이 장례식도 치르기 전에 탈진하지 않도록 교대로 쉬게 했고, 언니와 나도 차례가 되어 어느 저녁 병실을 떠나 본가로 갈 수밖에 없었다. 잠에 예민한 나와는 달리 누우면 곧바로 잠이 들어 삶의 성취감이 꽤 있었을 언니도 임박한 어머니의 죽음 앞에선 잠들지 못했다. 그래도 언니인지라 나를 억지로 자리에 눕혀 잠시라도 눈을 붙이게 하려고 할 때 내 입에서 튀어 나간 말은 내게도 뜻밖이었다.

"엄마가 빨리 돌아가셔야 잠을 자지. 아직 살아 계신

데 어떻게 잠을 자?"

어머니의 죽음이 기정사실로 되어 있던 시점이라 빠르고 편안한 임종이 본인에게도 좋다고 생각하던 때였지만, 자식으로서는 할 수 없는 말이었다. 하지만 내가 왜 그 말을 했는지 잘 알고 있던 온화한 언니는 거실에다 내 잠자리를 마련해준 뒤 안방으로 들어갔다. 언니가 눈에서 사라지자마자 나는 정신없이 집 안을 뒤지기 시작했다. 무엇을 찾는지도 모른 채 허둥대다가 문갑 서랍 안에서 나무로 된 지압봉을 발견했다. 혈액 순환이 좋지 않은 어머니에게 손에 쥐고 꼭꼭 누르면 좀 도움이 될 거라며 80년대에 내가 드린 천 원짜리 지압봉이었다. 집에는 옥으로 된 지압봉도 있었지만 어머니는 언제나 그것을 손에 쥐고 있었다. 뾰족하게 돌출된 침이 하나둘 빠진 뒤에도 어머니가 소파에 앉아 있을 때면 늘 그것이 손에 들려 있었다. 그 손때 묻은 지압봉을 보자 왈칵 눈물이 쏟아졌고, 얼른 가방에 집어넣었다.

상을 치른 뒤 아버지는 약소한 어머니의 물건을 자식들에게 나누어 주었다. 얼마 되지 않는 현금을 똑같이 나누어 준 뒤 아버지의 손에는 두 개의 반지가 들렸다. 어머니의 유품 중 가장 값진 것이었는데, 아버지는 그것을 나와 큰언니에게 하나씩 주었다. 나는 두고두고 어머니를 추모해야 할 그 반지를 팔아 길고양이를 살리기 위해 썼으니, 저승의 부모가 알면 좋아할지 노여워할지 모르겠다.

사십 대에 중환자가 되어 칠십까지 살았지만, 어머니는 누구보다도 삶을 사랑했다. 그런 어머니에게는 운이 따르지 않았다. 주치의는 누가 봐도 뇌경색이 분명한 어머니를 일주일이 넘도록 방치했다. 어머니가 의식을 잃고 중환자실에 누울 때까지 가족들이 번갈아가며 의사에게 "뇌경색이 아닐까요?"라는 말을 수없이 했을 정도로 갑자기 눈앞이 캄캄해져 아무것도 보이지 않고 머리가 깨어질 듯 아프다는 어머니는 두드러진 뇌경색 증세를 보였다. 그런데도 의사는 우리의 말을 귓등으로도 듣지 않았다. 그 뒤 그는 침상의 어머니를 내려다보며 "의식이 없으며, 아무 말도 듣지 못하는 상태"라고 수없이 말했다. 우리가 의식이 있는 것 같으니 말을 삼가라고 했을 때도 그는 "환자는 의식이 없으며, 사흘 뒤 임종"할 거라고 거침없이 말했다. 그런 어머니가 중환자실에서 두 주를 보낸 뒤, 그는 죄송하다며 어머니가 의식이 있으며 통증도 느끼고 있다고 말했다. 기가 막혔지만 임박한 어머니의 죽음 앞에 우리는 분노할 겨를이 없었다.

청소년 시절부터 어머니가 대학병원에 입원하는 일이 잦았기 때문에 나는 수많은 의사를 보았다. 그들의 인격과 의사로서의 자질이 얼마나 다른지도 보았다. 어머니의 좋은 점은 닮지 못하고 체질만 닮은 나도 병원 출입이 잦은 편이다. 가끔 윤회를 믿는 사람들은 몸이 많이 아픈 사람들의 고통을 이상한(?) 쪽으로 해석하곤 한다. 그럴 때면 행간의 의미를 잘 읽는 나는 시니컬하게 말한다.

"조상들이 벼슬을 많이 했으니 오죽 죄를 많이 지었겠어요. 제가 그 벌을 대신 받는 거예요."

그러면 그들은 가만히 있었으면 더 강도 높아졌을 다음 말을 하지 않는다.

캣맘이 된 뒤부터는 수많은 수의사도 보고 있다. 그들의 인격과 자질이 얼마나 다른지도 수없이 느꼈다. 이따금 내 머릿속에서는 불쑥불쑥 '인간 말종이 말 못 하는 동물 세계에서 수호천사 역할을 자처하며 선생으로 통하네' 하는 생각이 들기도 한다. 나의 입이 벌어질 정도로 최악의 모습을 보인 한 수의사도 많은 사람에게 그처럼 먹힌다는 사실도 놀랍다. 그것도 옛일. 언제부턴가 나는 그런 대상에게 무관심해졌다. 개탄해야 할 대상이나 현실에 아무런 감정도 없는 이 상태엔 분명 병리적인 문제가 있다. 이런 자신에게 스스로 경종을 울리며 우울하게 지낼 때 길고양이 한 마리가 제 발로 우리 집에 들어왔다.

누군가가 유기했다고 짐작하던 그 고양이는 늘 아픈 모습이었다. 당연히 힘도 없어 보였고, 온몸을 덮은 흰색 털은 거무튀튀했다. 가끔은 사직터널 위에서도 녀석이 보였다. 한 번은 터널 위에 있는 어린이집 숲속에서 내리 사흘째 같은 자세로 누워 있는 녀석을 보고 죽었다고 생각한 적도 있다. 그런 녀석이 죽지 않고 곧 숨이 넘어갈 것 같은 몰골로 제 발로 우리 집에 들어온 거였다.

녀석이 병원에서 죽게 하고 싶지는 않아 일주일을 지켜보다가 삼십여 년 다니는 동물병원에 갔을 때, 진료카드를 만들며 갑작스럽게 떠오른 이름이 루비였다. 처음부터 녀석이 수컷인 줄 알았는데, 불쑥 루비라는 이름이 떠오른 이유를 나중에야 알았다. 녀석을 병원으로 데리고 가며 나는 줄곧 어머니를 생각하고 있었다. 더 정확히는 이렇게 살고 있는 나를 저승의 어머니가 보면 뭐라고 할까, 생각하고 있었다. 그 생각 중에 어머니의 유품인 반지가 생각났고 보석 중에 부르기 쉬운 루비가 연상된 거였다.

늘 나를 피해 다니다 제 발로 들어온 루비는 집에 들어오자마자 내 무릎 위로 올라왔다. 이 세계에서는 그런

고양이를 무릎냥이라고 부르는데, 내게 무릎냥은 처음이다. 고양이들에게 많이 보이는 짙은 색의 아이라인만 있으면 절세가묘였을 루비는 아이라인이 없어 백사자처럼 보인다. 그렇게 생긴 녀석인데 매력 만점이다. 밖에서 사느라 목에 결절이 심한 녀석은 "야옹, 야옹" 하며 울지도 않는다. "야! 야! 야!" 하며 사람을 부르는 것처럼 울고, 내가 "나? 나? 나?" 물으면 "어! 어! 어!" 한다. 이건 아니지, 싶은 표정으로는 "아 대! 아 돼! 안 돼!" 하는 소리도 낸다. 머리를 내게 비비며 기분 좋게 그릉그릉대는 녀석을 매몰차고 뿌리치고 2층으로 올라와 집안일을 하다 보면 어디선가 "엄마! 엄마!" 하는 소리가 들린다. 깜짝 놀라 돌아보면 루비가 2층으로 올라와 나를 부르며 서 있다. 이제 땟물을 씻고 눈부시게 흰색이 된 녀석이 머리에 노란색 중간 가르마를 타고 샛노란 꼬리를 탁탁 치는 모습이 재미 있다.

전발치를 했지만 낫지 않는 구내염이라 루비는 평생 약을 먹어야 한다. 방치하면 목구멍까지 빨갛게 부어 음식을 삼키기도 힘들게 되는 루비는 단순한 치주염이 아니다. 그런 상황인데, 심장약도 추가되었다. 얼마 전에는 곰팡이약도 추가되어 가루약을 커다란 캡슐에 넣어야 하고, 강압적으로 먹일 수밖에 없다. 손으로 입을 벌려 목구멍에다 커다란 캡슐을 밀어넣을 수 있는 고양이가 내 집에 있다니.

루비도 작년 이맘때 죽은 호박이처럼 2층을 좋아한다. 눈 깜짝할 사이에 2층으로 올라온 녀석에게 "안 돼!" 하며 두 차례 선을 그어준 뒤로 녀석은 체념하고 1층에서만 지낸다. 2층에 있는 나를 기다리다 못해 "야! 야! 야!" 하며 부르는 루비처럼 말귀가 밝은 고양이가 있다는 사실이 믿어지지 않는다.

앗, 어쩌면 루비는 세상에서 하나뿐인 앵무고양이일지도 모른다.

녀석이 내 말을 그대로 따라한 것 같다.

"야, 루비! 야! 야! 야!"

"어! 그래, 그래. 어! 어!"

"안 돼!"

헉, 루비가 정말로 앵무고양이라면…….

'캔디', '순자', '장미', '복이', '효리'

캔디와 순자

가끔 캔디가 생각난다. 앞으로도 이 사이클은 계속 될 것 같다. 잠자리에 들었을 때 캔디가 생각나면, 나는 잠을 포기하고 일어나 앉는다.

순하고 겁 많던 캔디는 2017년 한여름에 구조되었다. 그때 내겐 캔디를 잡아 입양 보낼 생각이 손톱만큼도 없었는데, 우리 골목에 살며 위험에 처한 '장미'라는 고양이를 임시 보호하던 친구가 꼭 잡아달라고 조르는 바람에 캔디를 포획하게 되었다.

캔디를 잃어버린 친구는 건강이 좋지 않고 가난할 뿐만 아니라 골초다. 그런데도 금연할 의지라곤 없어서 처음부터 나는 장미를 그 집에 하루도 맡길 생각이 없었다.

위기 때마다 보이는 '모 아니면 도' 식의 체질도 반려인으로서는 적합하지 않다고 판단되었다. 하지만 온 동네가 혀를 내두르는 지독한 공사가 우리 집과 한 뼘 떨어진 곳에서 시작되자 달리 방법이 없었다. 막 퇴원해 우리 집에서 회복하고 있던 장미를 본 그 친구가 "이러다 애 스트레스로 죽겠다"라면서 임시 보호를 제의했을 때, 거절할 수 있는 대안이라곤 없었다. 그렇게 그 집에 눌러앉은 장미를 위해 캔디까지 잡아야 하는 상황이 되고 말았다.

장미는 가자마자 친구의 마음을 사로잡았다. 캣맘인 내게 늘 이성을 강조하던 그 친구는 장미가 간 뒤부터 만날 때마다 장미 사진을 눈앞으로 들이밀었고, 한순간도 떨어지면 안 되는 사이가 되었다.

새로 출근하게 된 직장 때문에 장미가 혼자 보내는 시간이 많아 애처롭다며 둘째를 입양해야겠다고 누누이 말할 때도 나는 그녀가 미덥지 않았다. 그래도 하도 둘째 타령을 하기에 마침 입양처가 급한 이웃이 있어 그 집 마당에서 태어난 아기 고양이를 안겨 보냈다. 친구는 그다음 날 새벽 컴컴한 골목에 그 아기 고양이를 데리고 나타났다. 아기 고양이한테 한마당에서 같이 놀던 진돗개 냄새가 묻어 있었던 모양이다.

"애 말고, 정말로 불쌍한 고양이를 잡아줘. 애랑은 안 맞는 것 같아. 장미도 무서워하고."

그이가 둘째 입양을 포기하지 않은 바람에 들개 떼가 자주 출몰하는 곳에 유기된 두 고양이 중 지금 우리 집에서 살고 있는 복이를 잡아 보내려고 마음먹었다. 그런데 내 부탁을 받은 동네 수의사 부부가 맨손으로 잡아서 데리고 온 아기 고양이는 복이의 자매인 캔디였다.

몸을 씻길 물이 닿자마자 캔디는 털이 몽땅 빠져 붉은 살갗이 온몸에 드러났다. 심한 곰팡이 범벅 고양이를 그대로 보낼 수는 없었다. 내가 데리고 지내며 완벽하게 치료해 장미가 있는 집으로 보낼 수 있었던 건 몇 달 뒤였다. 장미는 캔디가 스트레스를 받거나 불안해할 때마다 빈 젖을 물리며 잘 보살폈다. 평화롭고 뭉클한 육아였다.

캔디를 치료하느라 옮았던 곰팡이균이 아직도 내겐 남아 있는데, 이제 캔디는 없다. 2018년 9월 20일에 입양자가 잃어버린 뒤 찾지 못했으니, 캔디는 그 집에서 고작 일 년 정도를 살았을 뿐이다.

그때까지 나는 SNS도, 카톡도 하지 않았다. 필요에

의해 스마트폰을 썼지만, 통화와 문자를 주고받는 정도였다. 그런데도 어느 날 카톡에 가입했다. 잃어버린 캔디를 찾아다니던 봉사자(그가 이젠 장미를 돌본다)가 제보받은 고양이 사진을 내게 전달할 때마다 답답하다며 강압적으로 카톡에 가입시킨 거다. 나는 정말 내키지 않았지만, 잠자코 있었다. 그 뒤 가끔 데이터에 접속하면 경망스럽게 카톡이 울리곤 하지만, 나는 일절 관심이 없다. 그런데 오늘은 '집 나간 순자를 찾습니다'라는 제목 때문에 모르는 사람이 보낸 카톡에 무심할 수 없었다. 순자는 가까이 사는 한 문단 후배가 개명하기 전의 이름이며, 누군가의 집에서 살고 있는 고양이의 이름이기도 했다.

역시 카톡의 순자는 내가 언젠가 귓등으로나마 들어서 알던 고양이었고, 카톡을 보낸 사람 역시 짐작대로 지인인 공예가였다. 순자를 잃어버린 곳이 우리 동네와 길 하나를 사이에 둔 가까운 서촌이라 사진을 눈여겨보았으나 한 번도 본 적 없는 어두운 빛깔의 고양이었다. 순자가 사직대로를 건너 우리 동네로 왔을 리는 없으리라. 그렇지만 수성동 계곡 쪽으로 올라가 인왕산 자락을 타고 움직였다면, 내 급식소까지 내려올 가능성이 있다. 순자는 무척 개성 있게 생긴 고양이라 마주치기만 한다면 못 알아볼 리 없다. 그러니 순자야, 꼭 내 눈에 띄렴. 그러면 너는 집으로 돌아가 남은 생을 안전하게 살 수 있단다.

순자가 내 눈에 띌 확률이 있다고 생각하는 장소에서 언젠가 나는 갈비뼈가 앙상하게 드러난 고양이와 마주쳤다. 유기된 것 같은 예쁜 노랑이였다. 녀석이 유기되었다고 믿는 것은, 처음 본 사람에게 스스럼없이 다가오고, 하는 행동마다 길고양이와 다른 그 녀석을 찾는 전단지가 어디에도 붙지 않았기 때문이다. 그래도 모르는 일이라 녀석을 위해 내가 수백 장의 전단지를 붙이고 다녔다.

갈비뼈가 고스란히 드러난 그 녀석은 나를 보자마자 반색하며 달려와 구슬피 울어댔다. '캣맘을 알아보다니 참 신기하기도 하지' 하며 먹을 것을 주자 녀석은 눈물방울을 눈에 매달고 허겁지겁 먹었다.

예쁘고 호리낭창했던 그 고양이는 그 주변에서 살다가 엄청난 사고를 당한 뒤에야 우리 집에 들어왔고, 부잣집에 외동으로 입양되었다. 여러 번의 수술 중에 알게 된 사실은, 그 녀석이 이미 오래전에 중성화되었다는 점이다. 그런데도 한쪽 귀가 컷팅되지 않았으니 녀석은 분명한 가정에서 귀여움깨나 받으며 살았을 테다.

그 녀석의 이름을 효리라고 지은 것은, 몸매가 예쁘고 성격이 좋아 연예인 이효리를 연상시켰기 때문이다. 효리의 입양 1주년에 초대받아 거창하게 대접받을 때 나는, 누굴 만나느냐에 따라 운명이 달라지는 고양이 팔자도 사람 팔자와 다를 바 없음을 알았다.

그때 내가 살던 집이 고양이를 들여놓을 환경이 못 되는 데다 달리 보낼 데가 없어 장미가 그 집으로 가긴 했지만, 형편만 되면 캔디랑 같이 꼭 다시 데리고 오려고 했었다. 지금 우리 집에는 캔디와 같이 버려졌으나 7, 8개월 뒤에 구조된 나의 4호 고양이 복이가 있으니, 같은 배에서 태어난 두 녀석은 만나자마자 친해질 수 있었을 것도 같다.

순자를 잃어버린 지인에게 나는 캔디를 찾으면서 알게 된 정보를 확신에 차 말했다.

"고양이는 죽지 않고 살아 있으면, 반드시 6개월 안에 살던 곳으로 되돌아와요."

처음엔 나도 믿지 못했던 정보를 그분이 과연 이해

할 수 있었을까. 하지만 캔디를 찾아다니다 만난 사람들(무려 다섯 명이나!)은 집을 나갔던 고양이가 알아볼 수 없는 몰골이 되어 정확히 6개월 만에 사라졌던 장소에 다시 나타났다며 하나같이 6개월을 강조했다. 그때 알게 된 한 동물병원 원장은 고양이 박사로 통했는데, 그 역시 '6개월'을 강조했다. 산란을 위해 산천으로 돌아오는 연어도 아닌 고양이가 살아 있으면 반드시 6개월 안에 사라졌던 곳으로 돌아온다는 말을 안 믿으려야 안 믿을 수가 없었다.

"순자가 쓰던 모래를 대문 밖이나 창문 아래에 납작하게 깔아두세요. 다른 길고양이들은 그냥 밟고 지나가도, 순자가 오면 그 모래를 발로 긁어서 흔적을 남겨요."

전화로는 순자 반려인의 표정을 볼 수 없어 더 말해야 할지 멈춰야 할지 판단이 서지 않는 중에도 나는 이제 탐정에게 들은 말을 읊고 있었다.

"간식을 좋아했으면 캔을 달그락거리며 찾아다니세요. 겁에 질려 숨어 있던 순자가 그 소리를 듣고 나올 수도 있어요."

"……"

"되도록 사흘 안에 찾아야 해요. 꼼짝 않고 숨어 있다가 사흘째가 되면 배가 고파 움직여요. 그러면 멀리 가버릴 수 있어요."

"……"

"일주일을 넘기면 찾기 훨씬 힘들어져요."

상대방의 침묵은 이해했다는 뜻일까, 그렇게까지는 할 수 없다는 뜻일까. 내가 지금 이분에게 무언중 환자 취

급을 당하는 것은 아닐까. 별별 생각이 떠들어대는 머릿속을 채웠다.

입양자의 "진짜로, 정말로, 세상에서 제일 불쌍한 아깽이"라는 조건에 딱 들어맞았던 캔디. 사라진 곳으로 돌아오다 어려움을 당해 지각할 수도 있다는 판단으로 6개월 넘게 찾아다니며 만났던 수많은 고양이의 영상이 내 눈앞으로 하나하나 지나간다. 그중에는 배가 비닐처럼 달라붙은 채 굶어 죽었던 하얀 품종 고양이도 있다. 그 고양이는 살아 있을 때 내게 발견되었지만, 이미 식도까지 협착되어 아무것도 먹일 수가 없었다. 낯선 소읍의 양지바른 곳에다 녀석을 묻어줄 때는 캔디를 묻는 것만 같았다.

나는 겁에 질려 어딘가를 헤매고 있을 캔디를, 아니 순자를 위해 마지막 말에 더욱 힘을 주었다.

"순자가 살아 있으면 반드시 돌아와요! 포기하지 마세요!"

'릴리', '쁜지', '뽀리', '장군이'

1층에는 릴리 향이

오가면서 보면 바질과 채송화가 심긴 화분 뒤로 릴리가 보인다. 릴리는 다리가 짧아서 귀여운 고양이. 구내염으로 이빨을 다 뺀 뒤 우리 집으로 온 암컷 쫄보다. 이제 긴장을 풀 때도 되었건만, 내가 내미는 손가락 끝에 닿을 듯 말 듯 코 인사를 딱 한 차례 해주는 것 이상은 안 된다. 그래도 골목에서 창살을 사이에 두고 손가락을 들이밀면 코를 쓱쓱 문질러 준다.

처음 이 집으로 이사 올 때 1층 공간을 수리해서 쓸 것인지 방치한 채 살 것인지 잠깐 고민했다. 16평 전체를 쓰는 2층 내 공간에 딸린 8평 남짓한 1층에선 오랫동안 사람이 살지 않았다. 대신 나는 지갑을 열어 대대적으로 공사했고, 지금껏 그럭저럭 쓰고 있다. 세 번의 여름을 지내는 동안 누수로 인해 추가 공사비용이 해마다 들었지만, 화장실과 주방, 볕이 잘 드는 방이 있기에 여러 고양이가 그곳을 거쳐 갔다.

이 동네에 거주하는 한 건물주의 동거인이 위풍당당 등장한 뒤로 캣맘으로서의 나의 시련은 돌이켜봐도 눈물겹다. 세입자 주민 따윈 안중에도 없다는 듯한 태도를 보이던 그녀가 활발히 움직이기 시작한 것은 2019년이다. 그동안 왜 가만히 있었는지 몰랐는데 최근에야 그 이유를 알았다. 종로구의 공적 활동을 하기 위한 최소한의 기한인 3년을 채워야 했기 때문이었다.

지고는 못 산다는 그녀의 턱은 2019년부터 깃발처럼 올라갔다. 그때부터 마을공동체 예산을 비롯한 몇몇 예산을 확보해 이웃들을 집으로 불러들였다. 집 앞에다 온갖 꽃을 심은 화분을 내놓고, 세 주었던 구멍가게를 내보내고 사무실로 단장했다. 그 뒤 공적 자금으로 음식을 만들어 먹이며 온 동네 사람들을 동원해 고양이 관련 민원을 넣고, 구청과 시청을 제집처럼 드나들며 패를 지어 나를 성토했다.

깃발을 높이 올린 그 사람의 언행이 사람들에게 먹혔다는 사실이 내게는 두고두고 놀랍다. 심지어 시청 공무원까지 그녀에게 조정당해 길고양이에게 밥을 주는 내게 여러 번 상처를 입혔으니 무자비한 그녀의 선동력은 지금까지도 놀랍게 느껴진다.

나는 아직도 그녀가 나를 표적으로 삼았던 첫 순간을 기억하고 있다. 내가 버려진 나무판자를 주워들 때였다. 비가 들이치는 급식소에 그 판자를 기울여 세워두면 고양이들이 비에 젖지 않고 밥을 먹고 갈 수 있을 거라고 생각한 나를 보던 그 사람의 잔인한 미소를 어떻게 잊겠는가. 그 입매와 눈빛이 내내 나를 불안하게 만들었는데, 얼마 지나지 않아 불안감이 현실로 나타났다.

처음 그녀가 우리 동네에 나타났을 때, 나는 그 전에 그 집에 왔던 다른 여자들과 비슷하게 조용히 살다가 사라질 줄 알았다. 이젠 그들이 헤어질 가능성은 없을 것 같다며 이웃들까지 나와 고양이를 걱정한다.

나는 그녀의 복을 마음속으로 빌어준 적도 있었다. 증오는 증오로 되돌아오고, 빌어준 복은 복으로 되돌아온다는 말을 의도적으로 믿어본 거였다. 그녀에게 복이 오면, 가장 먼저 이 동네에 살며 내가 주는 밥을 먹는 고양이들이 편안해질 거라던 생각은 그 뒤 이렇게 바뀌었다.

'잘되면 잘될수록 무법천지가 될 위인이다.'

대대적으로 길고양이를 독살하기 위해 집집마다 서명을 받고 다닌 그녀 때문에 우리 동네의 '잠자고 있던 악이 깨어났다'라는 말을 여러 번 했을 정도로 나는 최소한의 인권도 보장받지 못한 채 길고양이 급식을 해야만 했다. 그 무렵 내 소원은 그들 앞에서 완전한 한마디를 하는 거였다. 짧게라도 한마디 하려고 "내가……"라고 운을 떼면 일제히 복창하는 패거리들의 고함에 정신이 혼미해졌다. 그래도 하루도 급식을 거르지 않았으니, 나를 도와주려고 했던 사람들의 말대로 내가 강한 사람인 것만은 분명한 듯하다.

악을 깨운 그는 본인이 문예창작과 출신이라고 했다. 그래서 글쓰기와 관련된 기획으로 구청의 예산을 따냈고, 서울시로부터 상을 받았다. 글을 쓰는 사람의 감수성이 그럴 수 없는데 생각할수록 이해가 되지 않았다. 친구들도 그랬던지 각자 출신 학교 문창과에 그런 졸업생이 있는지 알아봤지만 어느 학교에서도 그런 졸업생은 확인되지 않았다. 아무래도 그녀는 문창과 출신이 아니라 문창과 교수 출신이었던 것 같다.

릴리는 내게 무슨 일이 생기면 인계할 사람이 있다. 우리 집 고양이 중 내게 가장 부담이 없는 존재이다. 그래서 가끔 "릴리 릴리, 릴리 릴리…" 하는 나만의 노래를 흥얼거리게 된다. 그 가락엔 릴리도 익숙해서 불안감을 느낄 때 흥얼거리면 이불 밖으로 고개를 살그머니 내민다.

내게 무슨 일이 생기면 릴리를 데리고 갈 사람을 나는 '릴리맘'이라고 부른다. 그러니 릴리에겐 두 사람의 엄마가 있는 셈이다. 릴리맘과의 인연도 꽤 오래되었다. 길에서 우연히 만났지만 캣맘으로 불리는 내게 처음으로 도움을 준 그녀는 무엇보다도 남을 돕는 태도가 좋았다. 그녀는 도움이 필요하다고 판단한 사람에게 도움을 주고 가버리지 않고 그것에 따르는 여러 차례의 노동력까지 제공했다. 게다가 젊고 예쁘다.

내가 고양이들에게 밥을 주는 장소와 우리 집 앞에다 꽃을 심어준 사람도 있는데, 그 인연은 앞의 문창과 출신 여성 때문에 깊어졌다. 늘 나를 응원했던 그녀도 어느 날 '문창과 출신' 여성에게 나를 돕는다는 이유로 협박당했고, 내 고통을 이해하게 되었다. 심약해 보이지만 목사인 그녀에겐 하느님이 있어 그런지 여러 면에서 나보다 강하게 느껴질 때가 있다. 문창과 출신 여성 앞에서 늘 생글생글 웃는 것만 봐도 그걸 알 수 있다. 그녀도 릴리맘을 좋아한다. 그래서 두 번의 파양 뒤 우리 집으로 와 털이 눈물에 젖어 울부짖는 하트도 그녀를 따라 강북에서 제일 비싼 아파트인 '경희궁자이'로 입성하기를 바란다. 릴리맘이 부자라는 것은 최근에 알았는데, 그 사실을 알자마자 나는 전화로 물었다. 그때까지 나는 릴리맘이 언덕 위 다닥다닥 붙은 빌라에서 사는 줄 알았다.

"릴리맘, 경희궁자이에서 살아요?"

짧은 침묵 뒤에 그렇다는 대답이 들렸다.

"와, 부자라니 정말 좋네요!"

근처 경희궁자이에는 아는 사람이 꽤 살고 있는데, 대부분 고양이들과 얽힌 인연이다. 비슷한 인연 중 가장 강렬한 사람은 분양받은 그 아파트에 입주하지 못하고 죽은 '쁜지맘'이다. 쁜지는 미국에서 같이 살다 데리고 온 개의 이름으로, 오바마 전대통령이 기르던 개와 같은 종이다. 2015년 크리스마스 무렵 피살당한 쁜지맘과 그 가족의 기억은 내게 쓰디쓰다.

죽기 전 쁜지맘은 뽀리라는 고양이와 살고 있었다. 뽀리는 내가 밥을 주는 곳에 왔다가 포획되어 내가 사비로 중성화 수술을 시킨 고양이이다. 쁜지맘은 엄청난 유산을 남겨놓고 죽었는데, 상속자인 가족들은 뽀리를 보름 동안 방치하며 폐쇄된 공간에서 꺼내주지를 않았다. 밤잠을 설치며 '죽어가고 있겠구나', '이젠 죽었겠구나' 하던 내가 괴로움에 겨워 뽀리를 구출했지만, 반려인이 피살당한 거묘를 입양시키기란 너무도 어려웠다. 나는 노력 끝에 뽀리를 좋은 데 입양 보낼 수 있었다. 안락사 직전의 초식동물만 형편껏 구조해서 죽을 때까지 돌봐주는 기업이 있다는 것을 안 뒤부터 나는 필사적으로 그 회사에 매달렸고, 동물병원에서는 뽀리의 병원비를 포함한 일체의 경비를 지원했다. 어마어마한 유산을 받은 유족들은 아무리 인정에 호소해도 땡전 한 푼 내지 않았다. 자살이라던 죽음을 미제 사건으로 만들어 많은 유산을 상속받은 뾴지맘의 언니는 작곡을 전공한 뒤 교육자가 된 사람이다. 그런 사람이 인간의 감수성을 건드리는 작곡을 하고 있다는 사실이 너무도 신기하지만, 인간사에 신기한 일이 어디 그뿐이랴.

뾴지맘은 그 가족 중에서 가장 측은지심이 많았다. 그녀 역시 인색했지만, 다른 가족과는 비교가 되지 않았다. 3년 동안 길고양이에게 착실히 밥을 주던 그녀는 피살당하기 직전 변심했다. 어떻게든 자기가 밥을 주던 고양이들을 내게 떠넘기려고 했기 때문에 나는 적잖이 스트레스를 받았다. 미국에서 살던 그녀가 귀국하여 근처 교회에서 세례를 받을 때 하느님께 앞으로 자신이 할 일을 정해달라는 기도를 했고, 길고양이에게 밥을 주라는 응답을 받았다는 사람의 변심이 내겐 몹시 불안하게 느껴졌다.

그런 중에도 그녀는 "나는 죽어도 우리 집 인간들에게 땡전 한 푼 안 준다!"라고 외치곤 했다. 죽기 직전까지 그녀는 높이 올라가고 있는 경희궁자이 아파트 근처에서 그 풍경을 바라보며 살고 있었다. 부자인 줄은 알았지만 그녀가 그토록 큰 부자인 줄 나는 미처 몰랐던 피살 초기에 사건은 자살로 판명되었다. 자살이 되면 보험금 수령에 어마어마한 차이가 있음을 알고 있던 아이비리그 출신 언니가 변호사를 선임해 맹렬히 싸웠고, 초벌 수사가 잘못되었던 그 사건은 결국 미제로 남았다.

뻔지맘과 결혼하려고 했던 남자는 가난한 사람인데, 요즘 이따금 길에서 마주친다. 둘의 결혼을 위한 상견례가 뻔지맘 가족의 반대로 깨어졌고, 그날로부터 나흘 뒤에 죽은 뻔지맘 때문에 그는 경찰서에도 여러 번 불려갔고, 정신건강과 치료도 받았다고 한다.

뻔지맘이 죽은 지 세 달 뒤, 길에서 우연히 만난 그가 같이 식사를 하자고 했다. 우물우물하다가 합석했을 때 먼저 입을 연 것은 그였다.

"그 가족 중에는 가장 착한 인간이었는데……."

"……"

"그동안 제가 정신과 치료를 받았어요."

"충격이 크셨죠?"

"처음엔 너무 놀랐고, 그다음엔 뻔지맘이 너무 불쌍했어요."

뻔지맘을 잘 알고 있는 나는 그 말에 맞장구칠 수 없

었다.

"지금은 뻔지맘도 그들과 똑같은 인간이었다는 생각으로 걷잡을 수 없이 화가 나요."

빈집 담장 안으로 떨어진 우리 집 고양이 때문에 달려와주었던 그가 볼 때마다 우울한 것이 늘 마음에 걸렸다. 위로할 수 있는 적절한 기회였지만 나는 아무런 위로도 하지 못했다. 사료 한 톨 얻은 적 없는 나를 다른 사람에게 "저 여자가 내게 사료와 캔을 얻어 고양이들을 먹인다"라고 말했던 뻔지맘이 고인이 되었으니 억지로라도 미화해야 했을까.

그의 곁엔 아직도 함께 뻔지맘을 찾아갔던 장군이라는 개가 있다. 앞의 문창과 출신 여성과 한편이 되어 나를 쥐 잡듯이 하는 여자가 모란시장에 내다 팔려고 자루에 넣어 못에 걸어뒀던 길고양이를 구해준 사람도 장군이 아빠라 불리는 그였다.

장군이와 장군이 아빠, 그들이 느릿느릿 걸어 들어왔다 나가는 골목을 릴리가 목을 늘여 내다보고 있다. 지금 우리 집엔 릴리 향이 풍긴다.

'써니', '하니'

내 고양이들의 노래

동네 고양이에게 밥을 준 뒤부터 나는 다른 사람들에게 충고를 하지 않으려 애쓴다. 그건 상대적으로 내게 충고를 하는 사람이 많고, 충고로 인해 사람이 바뀌기란 쉽지 않음을 아는 탓. 무리수를 둔 충고일수록 힘껏 뺨을 때린 것처럼 대단하나 결과는 뻔하다고 생각할 때, 니체의 명언이 생각났다. 자신의 내면을 이기지 못하는 사람일수록 타인에게 영향력을 행사하려고 한다던 만고의 진리.

한 골목에서 삼십 년 넘게 사는 동안 이웃들과 언성을 높일 일이 없던 나는 고양이들의 생사가 걸린 문제 앞에선 달라질 수밖에 없었다. 내가 아니면 당장 죽을 수도 있는 생명에 관련된 문제라 싸웠고, 싸우면 반드시 이겨야만 했다. 이기기 위해 상대가 언성을 높이면 나는 더 언성을 높여야 했고, 상대가 언성을 높이기 전에 미리 언성을 높여야 할 때도 있었다.

한 번은 골목의 성질 고약한 할머니와 싸우고 있는데, 음대를 나온 우아한 부인이 달려와 나를 말렸다. "선생님이 대체 왜 이러세요. 제발 좀 참으세요"라던 말이 나를 얼마나 아프게 했는지 그분은 상상도 하지 못했을 테다. 기필코 노인의 시퍼런 서슬을 꺾어야만 했던 나는 그 말에 냅다 소리를 질렀다. "왜 이러냐고요? 이겨야 하는 싸움이기 때문에 이러는 거예요. 저는 지금 절대로 지면 안 되는 싸움을 하고 있는 거라고요!" 신문에 난 기사를 보고 내가 누구인지 다 알고 있던 사람에게 보인 모습이 그처럼 추했지만, 나는 오직 속으로만 부끄러워하며 고개를 숙였다.

더 곤혹스러운 사람은 내 집을 드나들며 수시로 충고를 하는 부류이다. 그들로부터 내가 받는 상처 또한 깊었다. '나는 깊숙이 얄팍한 사람'이라 했던 앤디 워홀의 말을 변주하면 그들로 인해 나는 '깊숙이 우울한 사람'이 느낄 감정에 젖곤 했다. 집이 넓어 고양이들이 눈에 띄지 않게 깃들어 살면 아무 일 없었겠지만, 좁디좁은 한옥에 살며 끝도 없이 들어야만 했던 그토록 강도 높고 진심 어린 충고라니. 충고는 가난한 이의 텅 빈 곳간에 쌓이는 먼지 산처럼 나를 황폐하게 만들었다.

그러다 지금 사는 집으로 이사할 때는 지붕 위 가족 중 딱 두 마리의 고양이만 잡아 데리고 가기로 했다. 2012년 10월 9일에 태어난 2호 고양이, 2013년 3월 23일 태어난 같은 어미를 둔 3호 고양이였다. 그때까지 두 녀석은 내게 작은엄마와 아들놈으로 불리고 있었다. 그 녀석들을 그냥 두고 오면 골목 노인에게 독살당할 위험이 있었고, 용케 그 인간을 피해도 안전이 보장되지 않았다. 일찌감치 아들놈에게 쫓겨나 골목을 떠돌던 나의 1호 고양이는 운명이라 생각하기로 했다.

짐이 다 빠진 썰렁한 한옥에서 나는 난민처럼 생활하며 포획 틀을 놓고 두 고양이를 잡기 위해 진을 쳤다. 이삿짐이 빠져나가던 소란 속에 놀라 모습을 감춘 녀석들은 며칠째 모습을 나타내지 않았다. 그러던 어느 날 저녁 무렵, 아들놈이 먼저 잡혔다. 포획 틀의 문이 닫히자

패닉이 되어 날뛰다가 피를 흘리는 녀석을 옮기기 위해 들자 엄청난 무게에 허리가 꺾였다. 몇 번이나 포획 틀을 바닥에 내리치며 2백 미터 거리에 있는 이사한 집으로 옮겨 놓자 녀석은 다시 미친 듯이 날뛰다 예상대로 장롱 위 와인 상자 속으로 숨었다. 실내로 들어오는 순간 녀석의 이름은 써니가 되었다. 햇볕처럼 따뜻한 기운으로 살아가라는 의미였다.

그때 내겐 써니의 엄마인 1호 고양이가 가장 애틋한 존재였다. 나의 1호는 집이 좁다며 칭얼대는 아들놈에게 일찌감치 쫓겨나 골목을 떠돌고 있었다. 어릴 때부터 써니는 한 덩치 했다. 두 자식에게 집을 물려주고 우리 집엔 발길도 하지 않는 1호를 달래서 집으로 데리고 왔을 때, 몹쓸 아들놈은 또 제 어미를 내쫓았다. 인간으로 치면 써니의 사춘기가 대단했던 것이다. 색시를 얻어 살림을 차리려는 속셈이었겠지만, 내가 있는 한 어림 반 푼어치도 없었다. 나는 다짐했다.

'저놈의 씨주머니를 털어버리자!'

나는 녀석을 잡아서 중성화 수술을 시켜버렸다.

그 뒤부터 녀석의 가출이 잦더니, 어느 날 지붕 위로 친구를 데리고 나타났다. 함께 온 고양이는 녀석의 절반 정도의 덩치였으니, 분명 여자친구일 거라고 짐작했다. 녀석이 친구와 뒤엉킨 채 마당 위 선라이트 위로 자리를 옮겼을 때 나는 미친 듯이 비명을 질렀다. 선라이트 위의 형체를 보고 그놈과 같이 있는 것이 토끼였음을 알자마자 튀어나온 비명이었다. 의기양양 나타났던 녀석은 내 기세에 눌려 다시 토끼를 물고 어딘가로 사라졌다. 그 큰 토끼 한 마리를 다 먹어치웠는지 사흘 만에 다시 나타난 녀석은 그때부터 내 눈치를 더 보며 살았다.

고양이를 좋아하는 사람들은 하나같이 '못생긴 고양이는 없다'라는 말을 자주 한다. 그러면 나는 악착같이 써니 사진을 찾아 그들에게 들이민다. 그러면 그들은 잠시 멍한 표정을 지은 뒤 박장대소 한다.

"완전 할아버지네!"

"천만에. 청소년 때 찍은 사진이야."

그제야 그들은 못생긴 고양이도 있다는 내 말에 공감한 뒤 사진을 보고 또 보며 자지러진다.

작은엄마를 잡는 데는 며칠이 더 걸렸다. 역시 저녁 무렵 마당으로 내려왔다가 태연하게 딴청을 하고 있는 나의 등 뒤에서 주린 배를 채우기 위해 포획 틀에 들어간 녀석은 훨씬 가벼웠다. 두 녀석을 잡는 것으로 나는 오래 살았던 그 작은 한옥을 완전히 떠났다. 써니보다 한 배 일찍 태어난 2호 고양이는 남은 생을 마냥 달콤하게 살라는 뜻으로 하니라고 이름 지었다.

하니와 써니는 장롱 위에서 보름 이상 내려오지 않았

다. 대체 어떤 몰골로 있을까 궁금해 멀찌감치 떨어져 있는 의자에 올라 바라보면, 중성화의 표징인 두 쌍의 짝귀만 살짝 보였다. 내가 집에 없을 때와 깊이 잠든 시간에만 내려와 밥을 먹고 화장실을 쓰는, 참으로 물렁한 녀석들이었다. 밥을 주는 길냥이들이 내게 몸을 비비며 꼬리로 다리를 감고, 마중나와 기다리고, 한참을 앞서 걸으며 배웅까지 해주는 것과 비교하면 한마디로 어리석은 놈들이었다.

두 허당이 실내에서 처음 입을 열었을 때 나는 믿어지지 않을 정도로 아름다운 목소리에 깜짝 놀랐다. 미성인 두 녀석은 나와 적당한 거리만 확보되면 주거니 받거니 무척 많은 대화를 하곤 했다. 특히 못생긴 써니의 목소리가 귀가 번쩍 뜨일 정도로 미성이라 그때껏 숨어 사는 누리끼리한 녀석의 얼굴을 생각하면 코믹하게 느껴졌다. 녀석들의 대화에 점점 가락이 붙기 시작했다.

그러던 어느 날 친구들이 왔다. 고양이 때문에 나를 중증 환자 취급하는 친구들이었고, 그중엔 우정이랍시고 걸핏하면 버럭버럭 소리를 질러대는 자도 있었다. 한 번 오면 오래도록 놀다 가는 친구들이라 나는 미리 구석진

싱크대 앞으로 탁자를 옮겨 놓았고, 우리는 거기서 바글대며 놀고 있었다.

하니와 써니에게도 익숙한 친구들이라 어느 순간부터 녀석들이 슬금슬금 움직이기 시작했다. 두 녀석은 우리가 노는 패턴을 꿰고 있었다. 마치 '저 인간들은 한 번 엉덩이를 내려놓으면 화장실 갈 때만 조심하면 된다'라고 믿는 것 같았다.

찔끔대던 하니와 써니의 대화에 점점 제대로 가락이 붙기 시작했다. 장단 고조가 뚜렷한 그 가락은 끝없이 이어졌고, 친구들은 하나같이 깜짝 놀랐다. 어떤 친구는 "재들이 저러니까 조은이 버리지를 못하고 절절매는구나!"라고 했고, 어떤 친구는 "저 노래를 빨리 녹음해서 음원을 팔아. 그럼 넌 돈방석 위에 올라앉을 거야!"라고 했으며, 또 어떤 친구는 "세상에! 세상에!"를 연발했다. 나를 걱정한답시고 걸핏하면 소리를 버럭버럭 지르던 친구의 눈도 놀라움으로 반짝거리고 있었다.

두 고양이의 노래는 내가 잠드는 순간까지 귓전을 떠나지 않았다. 황폐한 나의 머릿속을 편안하게 해주는 아름다운 선물이었다. 언제까지나 그 노래를 들을 수 있을 거라 믿으며 나는 평화롭고 윤택해지고 있었다. 그러던 2017년의 긴 겨울 끝, 정확히는 2018년의 봄이 오기 전의 마지막 한파 때 들개 떼로부터 가까스로 구조된 또 한 마리의 청소년 고양이가 집으로 들어오는 바람에 넉 달 동안 계속되던 하니와 써니의 노래는 완전히 끝나버렸다.

고등어태비인 4호 녀석에겐 시 쓰는 친구가 복이라는 이름을 지어줬다. 물론 그 고양이의 복을 기원하는 이름이 아닌 반려인의 복을 기원하는 우정이 듬뿍 담긴 이름이었다.

복이는 내가 먼저 입양 보낸 두 고양이의 반려인이 잡아달라고 조르는 바람에 포획하게 되었다. 그런데 그이가 점점 미덥지 않아 나는 복이를 그 집에 셋째로 보내지 않고 우리 집 셋째로 눌러앉혔다.

'참깨', '복이'

그를 두고 하는 농담들

봄이 되자마자 우리 집 뒷베란다로 통하는 부엌문을 열어두었다. 선라이트로 지붕을 덮고 각목으로 벽을 지지한 허름한 뒷베란다에는 온갖 잡동사니를 두는 탓에 늘 지저분하지만, 구석구석 물걸레로 닦고 틈이 없도록 철망을 쳤다. 내 짐작대로 날마다 고양이들이 베란다로 몰려나가 햇볕을 쬔다. 햇볕은 집 안에도 넘치도록 드는데, 길에서 살던 녀석들에겐 수염에 닿는 바깥 공기의 흐름이 중요한 듯하다.

우리 집 고양이들이 진을 치기 시작하자, 베란다 위로 밥을 먹으러 오던 동네 고양이들의 왕래가 뜸해졌다. 바깥 녀석들이 와서 밥을 먹는 그곳은 들개 떼가 몰려다니는 우리 동네에서 가장 안전한 밥자리인지라 사료가 줄지 않아 마음이 쓰였다.

그러다 천천히 바깥 고양이와 집 안 고양이가 적응하고 있다고 생각되던 무렵, 나의 4호 고양이 복이가 히스테리를 부리기 시작했다. 한 번도 내게 '하악질'하지 않은 순하고 겁 많은 복이는 강제로 안아도 물 리 없는 단 한 녀석이다. 자세히 보니 복이는 커플인 참깨에게만 화가 나 있었다.

참깨와 복이를 관찰하다 보니, 문제는 뒷베란다 바깥에 오는 예쁜 고등어태비인 암컷 때문이었다. 이 집으로 이사하자마자 눈에 띄어 내가 중성화 수술을 시킨 몸집이 자그마한 그 고양이는 비어 있던 뒷집에서 살다가 그 집이 수리를 하면서부터 둥지를 잃고 떠돌기 시작했다. 수리가 끝난 이층집에 두 세대가 들어와 살기 시작하자 녀석은 나날이 꾀죄죄해졌다. 복이는 그 녀석이 정말 싫은지 철망을 사이에 두고 마주칠 때마다 털을 부스스하게 부풀린 채 울어댄다. 그러면 커플인 참깨도 거기에 맞춰 꺽꺽 울어준다. 참깨까지 온몸의 털을 부풀려 울어대는 이중창이 시작되는 것이다.

언제부턴가 참깨가 그 고양이와 교감하기 시작했다. 한술 더 떠 참깨는 복이를 교묘하게 떼어내고 바깥 녀석을 넋놓고 바라봤다. 낌새를 알아차린 복이가 뒷베란다로 달려나가면, 참깨는 딴청을 부리거나 집으로 들어와 시치미 떼고 뒷다리를 치켜든 채 털을 정리했다. 그러는 동안에도 복이는 꼼짝 않고 바깥을 노려보며 앉아 있곤 했다.

하루는 참깨가 복이에게 오지게 뺨을 맞았다. 워낙 민첩한 참깨라서 얼른 피하거나 맞설 줄 알았는데, 복이가 반대쪽 뺨을 올려붙일 때까지도 '그래, 때려, 난 맞아도 싸' 하는 표정으로 고개를 푹 숙인 채 반성문을 쓰고 있었다. 며칠 뒤에도 똑같은 일이 생겼다. 참깨는 자학하듯 복이가 손길을 멈출 때까지 고개를 숙이고 맞아주고 있었다. 마침 고양이와 오래 살고 있는 친구가 전화했기에 그 이야기를 했다.

"복이가 참깨 여자니?"

"어, 참깨가 복이 남자야. 근데 사이에 문이 있어 참깨는 아무 짓도 안 했어. 그냥 마음만 줬을 뿐이야."

"마음을 주면 다 준 거지! 고양이니까 그 정도에서 넘어가지 인간 여자들은 제 남자 어깨를 깨물어."

‘이게 무슨 말이지?’ 할 때 친구가 연달아 말했다.

“어깨만 물까. 피가 나도록 젖꼭지를 죄다 물어뜯어 버리지.”

그제야 남녀가 욕구는 채우되 은밀한 신체 부위를 물어뜯어야만 분이 좀 풀리는 상황을 알아챈 나는 ‘푸하하핫’ 웃음을 터뜨렸고, 우린 배를 잡고 웃었다.

복이는 우리 집에 세 번째로 들어왔고, 참깨는 네 번째로 들어왔다. 복이는 곰팡이로 맨살이 벌겋게 드러난 상태로 들어왔고, 참깨는 온몸이 갈가리 찢겨 들어왔다. 복이는 집에서 병원을 오가며 치료받았고, 참깨는 석 달 동안 온몸에 붕대를 감고 수차례의 수술을 견딘 뒤 목에 둥근 넥카라를 한 채 퇴원했다. 복이는 어릴 때부터 순했고, 참깨는 전기총을 쏘며 포악을 떨더니 어느 순간부터 발랄해졌다. 복이 때문에 장만했던 독일제 3단 철장 안에서 복이는 첫날부터 악을 쓰며 울었고, 그다음에 들어간 참깨도 극악스럽게 울었다. 하루 만에 될 대로 되라는 심정으로 철창문을 열어줘야만 했던 둘은 나이도 비슷하다.

나처럼 집에 고양이가 있는 사람들과 만나면 대화가

무궁무진하다. 지루하다고 느꼈던 사람도 고양이를 기르면서 하는 말은 하나같이 재미 있고, 평소 그토록 지루하다고 여겼던 성정이 묻힌다. 그래서 굳이 챙겨가며 만나지 않던 사람도 적당한 자리가 있으면 불러내게 되고, 고양이 이야기를 하고 또 하는 모습을 재미 있어하며 바라본다. 게다가 그가 단 한 마리의 고양이와 살고 있다면, 그의 집은 언젠가 한두 마리 정도는 더 들일 수 있는 잠정적 입양 장소이기도 하다.

고양이와 같이 사는 사람들은 하나같이 똑같은 행동 패턴을 보인다. 일단, 만나면 슬슬 가방 속을 더듬느라 말이 횡설수설해진다. 분위기를 깨는 산만한 행동과 엉뚱한 표정으로 그가 드디어 찾던 전화를 손에 들면, 엄청난 집중력으로 화면을 들여다보기 시작한다. 왜 그런지 알고 있는 사람들은 '재가 또 저런다' 하는 눈길을 주고받는다. 그러면 영락없다. 친구는 집에서 기르는 고양이의 마음에 드는 사진을 골라 우리 앞에 쑥 내밀며 설명하기 시작한다. 보다 못해 누군가가 "음식부터 시키자!"라며 톤을 높일 때까지. 헤어질 때는 고양이 이야기가 양에 차지 않았는지 그는 또 이렇게 말한다.

"에고, 오늘 대화가 너무 미진했네. 다음엔 좀 느긋이 만나 실컷 수다 떨자."

미진한 이야기와 실컷 수다 떨고 싶은 내용이 오로지 자신의 고양이에 관한 것임을 알고 있는 사람들끼리는 다시 눈을 마주친다.

나는 그런 사람의 말을 가로채지 않는다. 하지만 한 번은 나도 적극적으로 끼어들어 우리 집 고양이 이야기를 했다. 그중 하나는 네 번째로 우리 집에 들어온 참깨가 세 번째로 들어온 복이에게 뺨을 맞은 앞의 이야기였다.

우리 집에 왔던 한 친구가 깜짝 놀라며 성토하듯 한 말도 전했다.

"완전히 고양이 집이 되었네!"

그와 똑같은 말을 오래전 나도 다른 친구 집에 가서 한 적이 있었다. 고양이를 잘 모르던 그때 내 눈에 보인 친구의 집은 한마디로 고양이만을 위한 집이지 인간의 집이 아니었다. 그 시간 그 장소에 같이 있던 성정이 거친 친구의 말이 기억난다.

"고양이에게 안방을 내주다니 네가 제정신이니?"

지금 와서 생각해보니 그날 공격당한 친구가 이렇게

대답하지 않은 것이 좀 아쉽다. "내가 제정신이니 고양이들과 공간을 같이 쓰지. 얘들이 내게 주는 활력과 평화에 대한 보답으로 이 정도는 해야지"라고. 이런 말도 괜찮았겠다. "고양이는 선물 세트, 너의 혀는 양날의 검!"

'고양이에게 안방을…'이라는 표현을 썼던 친구는 우리 집에 쌓아둔 길고양이용 사료와 간식을 보고는 노발대발했다. "이렇게 사대면 한 달에 30만 원은 들 텐데…" 하며 시작된 격분은 정말 대단했다. 의료계에서 정년 퇴임한 뒤 아직도 어느 곳에선가 CEO로 일하는 남편을 둔 그녀가 나를 미치광이 취급하며 날뛰던 최대치의 금액이 고작 30만 원이라는 사실이 한편으론 신기했다. 그러니 당신이 경제 관념이 철저하고 알뜰한 자라면, 텃밭을 일궈 온갖 푸성귀를 심어 자급자족하되 함부로 인간 곁의 굶주린 생명에게는 눈길을 주지 않기를.

젠틀맨을 들이다

젠틀맨을 집에 들였다. 그는 낯선 내 집에서 힘든 시간을 묵묵히 견디고 있다.

나는 캣맘이니 의인화된 젠틀맨은 당연히 길고양이. 젠틀맨 이야기를 시작하려면 또 들개 이야기를 해야만 한다. 이러자니 임꺽정이 활동하던 시대의 산적 이야기를 하는 것 같아 희한하다는 생각이 든다. 그럼에도 젠틀맨 이야기에 들개를 뺄 수는 없다. 유기된 뒤 저희끼리 패를 이뤄 다니는 들개 떼에게 젠틀맨이 꼬리를 완전히 잃고 우리 집에 들어왔으니.

내가 밥을 주기 전까지 이곳의 고양이들은 쓰레기봉투를 뒤져 먹으며 살았다. 내가 살던 한옥 지붕 위에서 힘들게 연명하는 고양이 가족에게 얼떨결에 급식을 시작한 뒤 나의 급식 범위는 자꾸 넓어지다 못해 캣맘이 되고 말았다. 이 동네에서 잠깐씩 길고양이에게 밥을 준 사람이 없지는 않았으나 불규칙했고 양마저 턱없이 부족했다. 어느 날 그마저 뚝 끊겨버렸다. 딱 한 군데만 더, 딱 한 번만 더, 하며 늘어난 급식소가 많아서 이제 나는 어떤 고양이들이 내가 주는 사료를 먹는지 알지도 못한다. 누가 말해주지 않았다면 젠틀맨이 다쳤다는 사실도 몰랐을 테다.

등 뒤로 검은 운동화 끈 같은 것을 늘어뜨린 채 멍한 눈빛으로 나를 바라보는 고양이를 한눈에 알아본 것은 “뼈만 남은 꼬리가 쥐꼬리 같았다”라는 선한 이웃의 말을 기억했기 때문이다. 들은 대로였다. 캣맘으로 오랫동안 살다 보니 “즉사가 꼭 나쁜 것은 아니”라는 말이 입에서 불쑥불쑥 튀어 나가곤 하는데, 다친 채로 죽지도 살지도 못하는 고양이를 보는 순간이다. 젠틀맨도 그 상태로 두 달을 살았다. 얼른 잡아 병원에 데리고 갔으면 반쯤은 남았을지도 모를 꼬리가 나날이 괴사되어도 녀석은 살아 있었고, 잡히지도 않았다.

냇물에서 물방개 한 번 잡아본 적 없는 내가 이처럼 길고양이를 잡아야만 하는 상황을 스스로도 납득하지 못한 채 수없이 포기했다가도 다시 녀석을 잡기 위해 포획 틀을 들고 뛰었다. 내 의지와는 달리 절대로 경계심을 늦추지 않는 젠틀맨은 잡을 수가 없었다. 자동 포획 틀로 잡을 수 없음을 알자마자 수동 포획 틀을 구해 잡으려 했지만, 녀석은 조금만 분위기가 이상하다 느끼면 홱 돌아서 가버렸다. 이제 남은 방법은 하나뿐. 녀석이 좋아하는 습식 먹이가 있는 내 옆으로 다가올 때 손으로 잡아서 이동장에 넣는 방법이었다. 하지만 위험천만한 그 방법 또한 불가능했다. 내 심장이 걷잡을 수 없이 요란하게 뛰는 바람에 청각이 밝은 녀석은 불안한 표정을 지으며 홱 사라지곤 했다.

그냥 죽도록 둘 수밖에 없다고 수없이 단념했지만, 한 번 마주친 뒤로 자꾸 눈에 띄는 녀석에게 무심하기란 쉽지 않았다. 그래서 되도록 빨리 문제를 해결해버리려고 녀석을 찾아다니기에 이르렀다. 그때 마지막으로 방법이 하나 더 있음을 깨달았다. 녀석도 한 번쯤은 방심할 수 있다는 점을 이용하는 거였다. 그때부터 나는 포획 틀 안에 녀석이 가장 좋아하는 간식(어쩔 수 없이 알게 된)을 넣어 두고 신경이 느슨해지도록 유도했다. 일주일이 넘도록 녀석은 발로 딛는 순간 문이 닫히는 발판 앞에 있는 간식만 먹을 뿐, 마지막 한 걸음을 자제한 뒤 사라졌다. 정말 놀라운 절제력이었다. 한 발만 더 내디디면 포만감을 느낄 만큼 간식을 먹을 수 있는데 절대로 그러지 않는 동물의 자제력이 날마다 눈으로 보면서도 믿어지지 않았다.

녀석은 그 몸을 하고도 단짝인 암컷이 먼저 먹은 뒤에 먹었고, 제 새끼들과 코 인사도 하고 털도 정리해주었다. 나는 길고양이에게 이름을 지어주지 않지만, 병원에서 약을 짓느라 할 수 없이 젠틀맨이라는 이름이 생겼다. 집에 들이지 않은 고양이에게 내가 이름을 지은 것은 그때가 처음이자 마지막. 녀석은 이름에 맞는 품성을 가지고 있었다.

녀석이 잡히던 날, 추운 날씨였음에도 너무도 긴장한 나는 외투까지 땀에 흠뻑 젖었다. 자꾸만 도망치는 녀석을 좇아 포획 틀을 든 채 동네 언덕을 수없이 오르내릴 때 머릿속에서는 '즉사가 좋은 거야!'라는 외침이 높은 파도처럼 솟구치곤 했다.

꼬박 두 달 만에 녀석이 잡혔다. 녀석의 긴장이 한순간 느슨해졌고, 문이 닫히는 발판을 디뎠던 것이다. 그 즉시 병원으로 간 젠틀맨의 꼬리는 조금도 남김없이 절단되었다. 겨울이라 꼬리뼈의 괴사가 엉덩이뼈까지 진행되지 않은 것만도 다행이었다.

아직도 나는 젠틀맨을 포획했다는 사실이 실감 나지 않는다. 막상 잡아놓고 보니 상남자로 느꼈던 젠틀맨이 너무도 순하고 겁이 많아 꽤 놀랐다. 겁이 많기로는 우리 집 고양이들과 다를 바 없지만, 젠틀맨은 우리 집 다섯 고양이와는 격이 좀 달랐다. 병원에 데리고 가기 위해 가뒀던 철장에 있는 녀석을 이동장에 몰아넣을 때는 꽤 긴장했지만, 왠지 녀석이 나를 공격할 것 같지는 않았다. 그래도 야생 고양이의 특성을 고려해 발톱만은 늘 조심해야 했다. 녀석은 오직 방어하기 위해 발톱을 세울 테니까.

퇴원 후엔 통원치료를 받았다. 녀석을 병원에 데리고 가려면 택시를 타야 하는데, 기사들의 인식이 많이 좋아졌음에도 노골적으로 반감을 나타내는 사람이 모는 차를 타야 할 때도 있다. 아침부터(기사의 입장에서) 그런 기분이 들게 하는 것도 싫고, 분노하거나 비굴해지고 싶지도 않아 나는 젠틀맨을 이동장에 넣어 등에 지고 걸어서 병원으로 갔다. 녀석은 자신이 살던 곳의 냄새를 아는지 그 장소를 지날 때면 버둥거리며 절규했다. 하지만 잠깐. 이내 다시 잠잠해진다. 병원에서는 두 사람이 붙어 녀석을 치료하고, 세 대의 주사를 맞은 뒤 집으로 돌아온다.

밖에서 녀석은 그처럼 아픈 중에도 사료와 간식을 먹었다. 기온이 낮았고 악착같이 먹었기 때문에 녀석은 죽지 않았을 것이다. 하지만 좋아하는 간식이라도 약을 섞으면, 절대로 먹지 않았다. 집에 들인 뒤에도 마찬가지였다.

집으로 들인 뒤, 일주일이 지나자 놀랍게도 녀석은 약이 섞인 간식을 고뇌에 찬 표정으로 먹기 시작했다. 내 눈에는 왠지 '먹어주는 것'만 같았다. 젠틀맨의 얼굴엔 '당신은 나를 너무도 괴롭히는 사람이지만, 나쁜 뜻은 아닌 것 같으니 약을 먹기로 했어요'라고 씌어 있었다.

치료가 다 끝나가는 시점에서 생각해보니, 젠틀맨에겐 좀 행운이 따르는 것도 같다. 사실 심하게 다친 길고양이가 바로 방사되거나 입양처로 가지 못하고 집으로 오면, 캣맘의 근심은 이만저만이 아니다. 게다가 언제든 집을 비워줘야 하는 상황에 처할 수 있는 세입자가 순화되지 않는 고양이를 집에 들이는 데에는 어마어마한 스트레스가 따른다. 이미 우리 집에는 그런 고양이가 넘친다. 그런데도 젠틀맨이 포획될 때는 묘하게도 행운이 따라오는 듯한 느낌이 들었다.

나는 젠틀맨보다 더 상황이 나쁜 고양이를 여러 번 입양 보냈다. 신기하게도 불행한 고양이들이 오히려 더 좋은 조건을 갖춘 곳으로 입양되는 경우가 많았다. 다칠 때와 똑같은 위험이 도사리고 있는 그 장소에다 완치된 고양이를 다시 방사하지 않고 입양시키겠다는 의지를 힘들게 세우면, 언젠가는 좋은 입양처가 나타나곤 했다.

나비처럼 나풀대는 흠 없고 예쁜 아기 고양이를 고집한 사람이 오히려 믿지 못할 행동을 했음을 나는 기억한다. 부잣집에 아기 고양이를 보낸 뒤 초대받아 갔을 때 길에서 사는 고양이도 먹지 않을 톱밥 사료를 몇 포대씩 쌓아둔 것을 보고 기겁한 적도 있다.

며칠 전에는 젠틀맨이 다친 장소에서 살던 대장 고양이가 또 들개에게 당해 싸늘하게 식은 채 발견되었다. 젠틀맨이 떠난 뒤 대장이 된 고양이였다. 그러니 꼬리가 없어 중심이 흔들리는 굼뜬 젠틀맨을 그곳에 다시 풀어놓지 않기로 한 건 잘한 일이다.

고양이가 얼마나 예민하고 겁이 많은지는 대장이었던 젠틀맨을 집에 들인 뒤 제대로 실감했다. 우선 젠틀맨은 우리 집에 온 뒤 두 달 동안 소파 밑에서 나오지 않았다. 무려 열 달 만에 웅크리고 있던 소파 위로 올라갔고, 일 년 만에 소파 위 탁자로 올라갔다. 1년 6개월이 된 지금은 밖이 보이는 창문 앞이나 장롱 위에서도 이따금 눈에 띈다.

그러다 보니 녀석은 내게 점점 가여워졌고, 입양을 포기했다. 한쪽 눈을 잃은 길고양이도 두 녀석을 보낸 집에 셋째로 입양시킨 나이건만. 그러니 젠틀맨, 힘을 내렴. 너는 십 년 캣맘인 나의 첫 행운! 내가 생각을 바꿔 너를 여기에 두기로 마음먹지 않았다면 너는 더 좋은 반려인을 만났을 테지만, 이게 삶이란다, 힘을 내렴!

'호박'

호박이는 럭키 세븐

호박이는 내가 날마다 걷던 인왕산 자락길에서 만난 녀석이다.

2012년 봄, 나의 개가 세상을 떠난 뒤 화장해서 늘 함께 산책 다니던 산길의 소나무 아래다 묻었다. 살아 있을 때 개는 그 일대를 지날 때마다 굳이 그 소나무 아래로 가서 숨을 고르곤 했었다. 윤동주 언덕과 가까이 있는 소나무라서 나는 거기 가면 창의문 옆에 있는 윤동주 언덕까지 가보곤 했다. 호박이가 있던 곳의 군인 초소에서 태어난 고등어태비를 윤동주 동산 근처 초소에서 보기도 했다. 눈이 의심스러웠을 만큼 멀리 이동해 살고 있는 그 녀석을 보는 것도 작은 행복이라 나는 2년 동안 날마다 그 길을 걸었다.

올해는 나의 개 또또가 숨을 거둔 지 십 년. 그걸 기억하는 한 친구가 차로 또또의 소나무가 있는 곳까지 나를 데려다줬다. 또또의 소나무와 맞붙다시피 한 초소는 문재인 정부 탄생과 함께 사라졌는데, 이젠 '초소책방'이라는 명소가 되어 있었다. 덕분에 친구가 차를 인왕산 스카이웨이에 세우고 무한정 나를 기다려줄 수 있었지만, 차량이 줄줄이 늘어선 스카이웨이를 바라보는 심정은 싸늘했다. 엄청난 부가가치를 올리고 있는 그곳의 운영자에게 큰 특혜가 주어졌을 거라는 짐작 때문이었다. 섣부른 짐작일까? 내 생에 한 번도 누려보지 못했던 특혜라 예민해졌던 것일까?

죽기 사흘 전까지도 나를 물었을 만큼 통제할 수 없는 불안과 공포에 시달리던 부담스러운 개였지만, 떠난 자리는 각오했던 것보다 컸다. 허전함을 달래려 날마다 걷던 윤동주 동산에서 어느 날 두 캣맘을 만났다. 호박이가 있던 초소에서 태어나 먼 거리를 이동한 앞의 고등어 태비에겐 그들 중 한 명이 '보초'라는 이름을 지어주었다. 초소에서 보초를 서는 군인들이 그럭저럭 돌봐주고 있었기 때문에 얻은 이름이었다.

오가며 보면, 호박이는 사람들에게도 고양이들에게도 인기가 좋았다. 우리 집에 7호 고양이로 들어오기 전까지는 털빛에서 딴 연노랑 고양이로 통하던 그 녀석과 짝짓기를 하기 위해 암컷들은 줄을 지어 앉은 채 조용히 기다렸다. 호박이의 짝짓기를 보기 전까지 나는 모든 고양이의 짝짓기가 민망할 정도로 요란한 줄만 알았다. 인기 있는 호박이는 달랐다. 너무도 조용했고, 파란 풀밭에서 암컷 위에 올라앉은 모습은 귀엽기만 했다.

그곳 초소를 지키던 한 군인(전경이었을까?)이 특히 호박이를 귀여워하며 안고 있는 모습을 여러 번 보았다. 어느 날, 그가 또 그러고 있는 걸 보고 내가 말했다.

"여자친구 대신 안고 외로움을 달랬으니 제대할 때 기념으로 얘를 데리고 가세요."

"아, 네."

나는 정말로 그가 연노랑을 데리고 갈 줄 알았다. 그러나 호박이는 남겨졌고, 나는 호박이까지 중성화 수술을 해줄 수는 없었다. 그 일대에서 사람에게 유기된 고양이들이 동족 간의 서열 싸움으로 피를 흘리는 것을 자주 봤지만 나는 눈을 질끈 감고 다녔다. 대신 유기된 그 녀석들을 위해 열심히 입양자를 찾았지만 쉽지 않았고, 눈에 익은 고양이들은 하나하나 사라졌다. 중성화되지 않은 연노랑 호박도 그렇게 사라질 줄 알았다.

녀석은 살아남았지만 내가 애써 선보였던 여러 사람에게 입양되지 못했다. 길에서 사는 고양이 중에 내가 주는 약을 가장 많이 받아먹은 고양이는 호박이였다. 동족에게 물린 다리를 땅에 딛지 못한 적도 여러 번 있었고, 목과 등이 찢긴 적도 여러 번 있었다. 마지막엔 구내염까지 왔다.

호박이를 중성화 수술 해줬으면 그럭저럭 평온하게 살았을 테지만, 집에서 먼 거리라 영 엄두가 나지 않았다. 그렇게 다시 겨울이 한창인 작년 12월, 더 늦기 전에 연노랑을 포획해 치료해줘야겠다는 생각이 들었다. 아파도 너무 아파 보였기 때문이다. 그런데 하필 도와달라며 갑자기 나타난 애니멀 호더로 인해 지출이 많았기 때문에 나는 슬그머니 연노랑을 포기하고 말았다. 그걸 본 선한 이웃이 말했다.

"자기 고양이는 그냥 두고, 남의 고양이한테 그 많은 돈을…."

그가 어느 날 식식대며 우리 집에 와서 이동장을 들고 앞장섰다. 그날 호박이는 두텁게 쌓인 눈 위에 얼어붙은 호박처럼 앉아 나를 기다리고 있었다. 내가 등을 만질 수도 있던 그 녀석은 이동장 안에 넣어둔 먹이를 먹기 위해 안으로 들어갔고, 믿어지지 않게도 쉽게 이동장 문을 닫을 수 있었다. 그런데 그것도 잠깐. 위험을 느낀 녀석이 이동장의 문짝을 허공으로 날리며 밖으로 뛰어나왔다. 육체적 힘도, 정신적 힘도, 경제력도 없는 나는 또 포기했지만, 앞의 이웃은 계속 내 양심을 찔러댔다. 그래서 호박이는 12월 31일에 포획되어 우리 집으로 왔다.

연말과 연초가 지나는 며칠 동안 우리 집에서 안정을 취한 뒤 호박이는 모든 이빨을 뽑는 수술과 중성화를 한 뒤 눌러앉았다. 워낙 구내염이 심해서 스테로이드 복용 기간이 길었던 호박이는 지금 신약을 먹고 있는데, 밖에서 살 때보다 덜 아파 보이지도 않는다. 그 점이 마음에 걸리지만 다행히 녀석은 우리 집에 온 것을 처음부터 좋아했다. 녀석의 표정을 보면 "와 이리 좋노!", "여자들도 많네!" 하고 있음을 장담할 수 있다.

녀석은 인간 한량처럼 건들거리며 집 구석구석을 만끽하고 다닌다. 잡아서 또 병원에 데리고 갈까 봐 나만 피해 숨는다. 그런 호박이를 본 친구들은 하나같이 "물건이네!"라고 말한다. 우리 집 고양이들은 호박이를 반겨주진 않았지만 공격하지도 않고 그럭저럭 지낸다.

호박이가 특히 좋아하는 고양이는 젠틀맨이다. 꼬리가 없는 젠틀맨의 장애를 보고 마음이 쏠렸는지 늘 젠틀맨 곁에는 호박이가 있다. 한편, 젠틀맨은 호박이 따위에겐 관심도 보이지 않는다. 기대고 파고들고 핥아대는 호박이를 성가셔하며 대하는 젠틀맨의 눈빛은 초록이라 참 멋있다. 자태도 늠름한 젠틀맨은 아직도 밤마다 구성지게 울고 있다. 그동안 제 자식들이 들개들에게 당해 거의 사라졌건만, 바깥의 그들을 그리워하는 것도 같다.

젠틀맨도 호박이처럼 바깥에서 암컷들에게 인기가 있었다. 젠틀맨의 여자 중 하나는 엘사인데, 문단 후배들이 이 동네에 왔다가 길에서 만난 뒤 이름부터 짓고 나서 잡아 입양하려고 했지만 뜻대로 되지 않았다. 엘사가 포획 틀에 거의 다 들어갔을 때 하루는 기세 사나운 트럭이, 하루는 요란한 오토바이가 방해했다. 입양이라는 행운은 생각지도 못했던 다른 고양이 몫이 되었다. 가까이에서 살지만 엘사는 우리 집까지는 오지 않는다. 오십 미터만 더 오면 젠틀맨의 울음소리를 들을 수 있을 텐데. 서로의 존재를 확인하는 순간 감정의 지옥이 시작되지 않으리란 보장 또한 없으니 이 상태가 최상일지도 모르겠다.

젠틀맨과 호박이를 관찰하다가 어느 날 서로 잘 지내는 줄만 알았던 호박이가 왕따를 당하고 있음을 알았다. 이 또한 인간의 감정일지도 모르지만, 일방적으로 상대방에게 살갑게 구는 호박이에게 우리 집 모든 고양이가 무신경하게 대하고 있는 것이 마음에 걸렸다. 밖에서는 인기가 있었던 호박이의 표정은 상처받은 인간과 다르지 않았다. 호박이가 바라보건 말건, 기대건 말건 관심도 보이지 않다가 열심히 핥아주는 중에 쌩 가버리는 녀석들을 보고 있자니 마음이 좋지 않다. 이 또한 저들의 질서이니 내가 관여할 순 없다.

'율무'

너 떠난 뒤

율무는 우리 집의 최대 수용치인 열 번째 고양이다. 그동안 여러 열 번째 고양이가 우리 집에 들어와 좋은 반려인을 만나거나 운명을 다해 떠났지만, 내가 입양한 고양이가 눈앞에서 마지막 숨을 거두는 것을 본 건 율무가 처음이다.

내가 오랫동안 밥을 준 삼색 고양이가 열 달 정도 돌보다가 늦게 독립시킨 수고양이 율무. 순하고 약하며 새하얗던 율무는 처음부터 우리 집에 잘 적응했으나 기껏 두 달 정도 머물다 떠났다. 개구리처럼 뒷다리를 뒤로 쭉 쭉 빼면서 나를 향해 다가오던 그 애잔한 모습을 어떻게 잊을까.

율무가 태어나 살던 곳은 사직터널 위 우체국공익재단의 뜰이다. 미모가 출중한 삼색 어미가 하얀 옆구리에 검은 공 같은 얼룩을 세 개 붙이고 한 쪽 이마에 검은 베레모를 눌러 쓴 율무와 있는 모습에 행인들은 자주 사진을 찍었다. 그들 중 하나쯤은 율무를 데리고 갈 만도 했건만, 율무는 한 살이 넘어 아픈 몸으로 우리 집으로 왔다. 선천적인지 후천적인지 알 수 없는 뒷다리 마비로 인한 장애가 크고, 숨소리가 거친 율무가 좀 안정된 뒤 하려던 검진 결과도 낙관할 수는 없었다.

율무는 우리 집 고양이를 첫눈에 다 좋아했다. 다른 고양이들도 아픈 율무를 세심히 배려해주었는데, 유독 9호인 하트만은 하악질하며 율무에게 스트레스를 주었다. 두 번의 파양이 온화했던 하트를 그렇게 만들었다. 그러거나 말거나 율무는 늘 우리 집 할머니 할아버지 누나 형아 고양이들 사이에 앉아 있었고, 잘 먹고, 잘 잤다. 그러다가 나흘을 내리 굶어 데리고 병원으로 갔다.

빨리 병원에 데리고 가야겠다고 생각했던 날, 나는 종로경찰서 형사로부터 전화를 받았다. 율무가 있던 숲의 아카시아나무를 훼손해 고발당했으니, 다시 연락하면 조사받으러 오라는 내용이었다. 나를 고발한 사람은 우체국공익재단의 한 부장을 앞세운 총장이었다. 고양이를 싫어하는 그가 부임하면서부터 그곳 급식소로 인한 스트레스가 가라앉을 날이 없었다.

수술 중인 수의사 선생님을 기다리며 병원 직원과 잠깐 나눈 대화를 통해 내가 그곳에서 유난히 겁이 많은 사람으로 통한다는 것을 알았다. 생각해보니 나는 늘 병원으로 아픈 생명을 데리고 가 잘 다루지 못 해 벌벌 떨다 오는 사람이었다. 순하디순한 데다 장애가 있는 율무만 겨우 안을 수 있으니 그런 평판이 억울하지도 않았다.

이상하게도 나는 작은 충격에도 얼굴이 흙빛으로 자주 변한다. 앉아 있던 자리에서 "너, 갑자기 얼굴빛이…" 하는 말도 자주 듣는다. 특히 소리에 약해서 건전지가 든 라켓으로 탁탁 소리를 내며 모기를 잡지도 못한다. 이런 내게 도움을 청하는 사람이 아주 많으니 참으로 신기할 뿐이다.

평소엔 내 손을 마다하고 알아서 고양이를 다루며

검사하고 치료하던 수의사 선생님이 그날 내게 "애 좀 꺼내 보세요" 할 때 이상하게도 살짝 불안했다. 그와는 삼십 년 가까운 인연이라 작은 변화도 나는 알아차린다. 삼십여 년 전, 매를 맞아 다친 남의 집 개를 데리고 갔던 날로부터 지금까지 나는 그를 봐왔다. 그는 늘 내게 특혜를 주었고, 이 세계에서 지켜야 할 선도 알려주었다. 그가 시키는 대로 이동장 안에 웅크리고 있는 율무를 잡아당겨 꺼내며 건성으로 물었다.

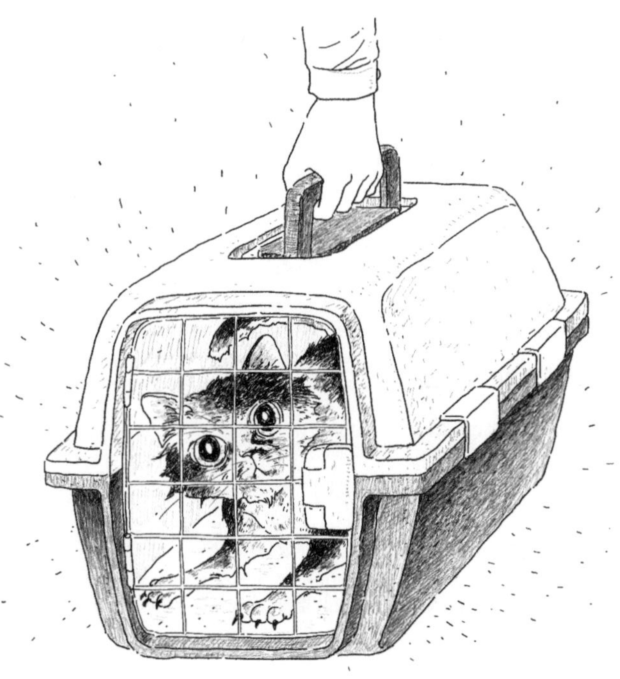

"선생님, 얘 살 수 있을까요?"

"아니요, 얘…… 죽어요."

"네? 언제요?"

"지금요."

"네? 지금요? 이렇게 눈이 말똥말똥 살아 있는데요? 아, 안 돼요!"

그의 말대로 율무는 그 순간부터 삼십 초도 되지 않은 순식간에 숨을 거뒀다. 연초록빛 두 눈에서 작은 전구가 톡 꺼지는 것 같은 찰나의 순간, 몸이 변하기 시작했다. 그것은 눈처럼 새하얗던 율무가 컴컴해지는 느낌이었다. 아침까지도 내게 잡히지 않으려고 피해 다니던 녀석이 그렇게 허무하게 갔다.

율무가 죽자 나는 모든 죽음을 대할 때마다 그랬듯 마음에 걸리는 일만 되짚고 있었다. 올 때부터 숨소리가 이상했건만 곧바로 병원으로 가지 않고 율무를 좀 안정시켜 폭염이 끝난 뒤 검진하려고 했던 일이 가장 마음에 걸렸다. 화장실을 쓰라고 강권했던 것도. 율무는 화장실에다 대소변을 하고 난 뒤 내가 기뻐하면 우쭐해 하곤 했다. 그 모습이 가장 애처롭게 회상되었다. 자꾸만 뒤로 쭉 쭉 밀리다 못해 서로 엉기는 뒷다리를 끌며 죽던 날 아침까지 율무는 화장실을 쓰려고 애썼고, 집에서 본 마지막 소변은 화장실 바로 앞에 고여 있었다.

수의사는 일찍 병을 알았어도 방법이 없었을 거라고 했다. 하지만 미리 알았다면 최소한 조금은 더 살 수 있었을 것이다. 오래도록 독립시키지 못하고 끼고 다니던 율무가 죽었지만, 어딘가에 있을 어미에게 알릴 수도 없는 주검 앞에서 나는 울지도 못했다.

율무를 보내고, 고발인에게 선처를 호소하기 위해 우체국공익재단을 방문하자니 마음이 심란했다. 율무가 태어난 곳에 처음 급식소를 놓은 것은, 그곳과 붙어 있는 대형 교회에서 길고양이를 너무도 싫어했기 때문이다. 나를 막아서는 교회 사람들에게 나는 꽤 피해 의식을 느끼던 때였다. 성경 시편에도 있는 하느님은 사람과 짐승을 똑같이 돌보신다는 말씀을 그들이 모르는 걸까.

원래는 그 교회 신자가 길고양이들에게 밥을 줬는데, 교인들의 동물 혐오에 질려 교회를 떠났다는 말도 들렸다. 고양이를 싫어하는 수많은 교인과 맞서면서도 나는 잦은 로드킬을 피하기 위해 교회 한구석에 있던 그 급식소를 없앨 수 없었다. 궁리 끝에 교회와 붙은 우체국공익재단의 전신인 우정사 뜨락 구석에 급식소를 마련했고, 그 뒤부터 로드킬이 확 줄었다.

그러기를 몇 해. 우정사를 재정비해 우체국공익재단이 되고부터 외부인인 나의 출입이 쉽지 않았다. 처음 직원들이 그곳에 소아암 환자들이 올 거라며 급식소를 없애라는 말을 할 때는 핑계라고 생각했다. 급식하는 나는 늘 혼자인데, 급식을 못하게 하려는 직원들은 떼로 몰려나왔다. 훗날 총장실을 방문했을 때에야 급식소가 훤히 보이는 방에서 총장이 내다보고 있었기 때문에 직원들의 표정이 그처럼 이상했구나, 싶었다.

우체국공익재단과의 잦은 실랑이 중에 율무가 사는 뜰에서 제초 작업을 하는 것을 보았다. 인부 한 명이 사납게 뻗은 아카시아나무 가지를 꺾다가 말고 제초 작업이 마무리되고 있었다. 그때, 나는 인부가 힘에 부쳐 베다만 나무를 대신 베어줘야겠다고 마음먹었다. 그 나무와 맞닿아 있는 급식소에 거기 체류 중인 소아암 환자가 와서 고양이들과 놀다 가곤 하니, 가장 먼저 그 아이의 안전을 생각해서였다. 나는 정말로 그런 일이 없도록 대비하고 싶었다.

그 일을 도와주면 그곳의 출입이 조금 더 편해질지도 모른다는 얄팍한 계산과 아카시아나무가 고양이들에게도 위험하다는 이중 계산 뒤에 나는 나무를 베어줄 사람을 물색했다. 그 무렵엔 다쳐서 한쪽 눈을 실명한 고양이가 셋이나 되었기 때문에 그 일은 내게 꿩 먹고 알 먹기라고 생각되었다. 마침 가까이에 내가 후원하는 애니멀 호더가 있어 그에게 인건비를 주겠다며 부탁했다.

그런데 나무를 베어줄 사람이 마냥 미루는 사이에 풀숲이 다시 무성해졌다. 그 시점에 부탁받았던 사람이 나무를 베러 갔고, 경찰에 고발되는 지경이 되어 버렸다. 게다가 나무를 벤 남자에겐 일머리라곤 없어 날이 무딘 톱을 썼고, 깔끔하게 가지를 친 것도 아니었다. 오십 대의 후줄근한 대머리 남자가 늘 대문이 활짝 열려 있긴 하되 엄연히 남의 공간인 곳에서 허락도 없이 나무를 베었으니 일이 커질 만도 했다. '괴한'이 된 그는 나와 고양이를 얼씬도 못 하게 하려고 안달인 총장이 수천만 원 이상의 가치가 있다고 주장하는 아카시아나무를 훼손한 거였다.

다음 날도 그다음 날도 그곳에서는 늘 보던 장면이 펼쳐지고 있다. 소아암을 앓고 있을 한 아이가 날마다 그곳에 와서 길고양이들에게 간식을 주고 간다. 묵묵히 아이를 내려다보고 있는 보호자들은 그 아이보다 더 아플 것이다.

잠깐 우리 집에 머물다 간 율무가 떠난 자리가 생각보다 크다. 몇 달 먼저 왔다고 텃세를 부리는 하트에게 길이 막힌 율무가 울며 배설했던 카펫, 해맑은 눈으로 나를 바라보며 도움을 청했던 곳곳에서 나는 어디에도 없는 율무를 찾고 있다. 언젠가는 털의 무늬에서 딴 완두로 이름을 바꿔야겠다고 생각해 "율무완두야!"라고 불렀을 때 고개를 갸우뚱하던 순하디순했던 고양이. 자다가도 특유의 숨소리를 듣고 어둠 속 녀석의 동선을 읽곤 했던 나의 10호 고양이.

막 율무가 떠났는데 다른 불쌍한 고양이가 나의 10호로 대기 중이니 이래저래 가슴이 먹먹하다.

◇◇◇

반려인인 내겐 녀석들과 밀당 따위나 하고 있을 시간도 에너지도 없다.
내가 녀석들에게 더 적극적으로 다가가고,
더 사랑스러운 목소리로 이름을 불러줬다면
지금쯤 한 녀석의 털을 빗겨줄 수 있을지도…….

3부

우리의 인연은 그렇게 시작되었다

‘고양이 탐정’

내가 만난 탐정들

인간 세계에 탐정이 있듯이 고양이 세계에도 탐정이 있다. 그들은 전문으로 실종된 고양이를 찾아준다. 고양이를 잘 모르던 시절에도 나는 이따금 그들에 관한 이야기를 심심찮게 들었지만, 늘 농담이겠거니 여겼다.

그동안 나는 세 명의 탐정을 만났다. 내가 구조해서 입양 보낸 고양이들을 잃어버린 뒤 적극적으로 찾지 않는 반려인을 보다 못해 부른 자들이다.

첫 탐정은 부산에서 살고 있었다. 그는 도봉산이 지척으로 보이는 주택가에 저녁 무렵 도착했는데, 입고 있던 조끼 뒤에는 ‘동물사랑’이라는 큼지막한 글자가 새겨져 있었다. 그에게서 기술을 전수받고자 하는 조수도 동행했는데, 젊은 여성이었다.

내가 찾으려던 고양이의 이름은 'A군'이라 불리던 A였다. A는 우리 동네에 사는 배우가 상추라고 부르던 고양이의 아들인데, 어미가 독살당한 지 사흘 만에 구조되었다. 상추가 죽을 때 우리 골목엔 길고양이 대학살에 버금가는 독극물 살포가 있었다. 새끼들에게 젖을 물리느라 늘 허기진 어미들이 가장 먼저 죽어 나갔다.

어미들이 죽자 재개발 차익을 바라며 오래도록 비워둔 집들의 대문 아래에서 많은 아기 고양이가 울며 기어 나왔다. 그 아기 고양이들이 마당으로 못 들어오게 하려고 삽을 머리 위로 쳐드는 한 가족을 보고 기겁한 내가 구조(어쩔 수 없이)한 고양이들이 하도 많아서 알파벳으로 이름을 지었는데, A군은 A, B, C, D…… 중 'A'였다. 그때 구조된 고양이 중 A만은 내가 직접 입양시키지 않았다.

고양이 순화의 귀재로 통하는 '모눈종이의 지붕 밑 다락방'이라는 곳에서 순화되어 그 사이트를 통해 입양된 녀석의 이름은 입양된 뒤에도 바뀌지 않았다. 그때 구조되어 입양된 고양이들이 하나같이 내겐 다 애틋하지만, A가 유난히 애틋한 것은 묘연이라는 게 있기 때문일 터.

A는 인천의 한 가정에 둘째로 입양되자마자 파양되었다. 파양된 이유가 너무도 황당했다. 이미 첫째 고양이가 있던 그 집에 도착해 이동장에서 A를 꺼냈을 때 겁을 먹은 A가 하악질을 했기 때문이란다.

A는 순화된 장소로 돌아갔다가 그곳에서 두 번째로 입양한 독신 여성이 잃어버렸다. 그렇지 않아도 애잔하던 그 녀석을 찾는 데 반려인이 소극적이었기 때문에 캣맘 초기의 나는 정말 안달이 났다. 초를 다퉈 찾아야 할(고양이는 시간이 흐를수록 찾기 힘들어진다) 가여운 A를 찾는 데 반려인이 적극성을 보이지 않았기 때문에, 마음이 급한 나는 탐정을 부를 수밖에 없었다. 탐정이 도착했을 때 다행히 A는 집으로 다시 들였지만, A와 만나자마자 딱 붙어 단짝으로 지냈던 암컷의 행방은 여전히 알 수가 없었다.

해가 뉘엿뉘엿 저물 무렵 나타난 탐정은 길에 뒹구는 검은 비닐봉지 속까지 들여다보며 사라진 고양이의 동선을 눈으로 좇더니, 어느 집의 담장 위로 뛰어올랐다. 담장 너머로 사라졌던 그가 다시 담장으로 뛰어올라 한 지점을 가리키며 말했다.

◇◇◇

"이 집 담장 안에다 이 통덫을 놓으세요. 정확히 저 지점에요."

반려인이 놓은 포획 틀에 이미 다른 고양이가 포획되었다 놓여나기를 수차례. 그가 가리키고 가버린 집 마당 안에서 과연 찾으려는 고양이가 포획될지 의문이었지만, 다른 방법이 없었다. 다행히 그가 시킨 대로 포획 틀을 놓은 지 얼마 지나지 않아 A의 단짝 고양이가 포획되었다. 반려인이 부르면 어디서든 꼬리를 치며 달려오는 개들에 비해 집 밖에서는 겁에 질려 눈앞의 주인도 알아보지 못하는 고양이들이란! 아무튼 내가 만난 첫 탐정은 제 몫을 했다.

두 번째와 세 번째 만난 탐정은 캔디를 찾기 위해 불렀다. 캔디는 우리 집에 세 번째로 들어온 복이(나에게 큰 복이 깃들기를 바라며 시 쓰는 친구가 고집스럽게 지어 준 이름이다)와 자매다. 둘은 2017년 여름, 내가 밥을 주는 급식소에다 누군가가 유기했다. 둘 중 캔디가 먼저 입양되었다. 캔디를 입양한 친구는 늘 남은 자매, 다시 말해 복이가 위험천만한 곳에서 어떤 상태로 지내는지 자주 묻곤 하더니, 2018년 봄을 코앞에 둔 마지막 한파 때 입양하겠다며 구조해달라고 했다. 그때까지 캔디는 장미와 잘 지내고 있었다.

그녀가 중성화 수술 비용을 아끼기 위해 찾아간 저렴한 병원에서 캔디가 수술이 막 끝나자마자 깨어났을 때 수의사가 했다는 말이 아직도 내 가슴을 후벼 판다.

"어, 얘가 벌써 깨어나네! 빨리 데리고 가세요!"

고통으로 날뛰는 캔디가 너무 무서워서 반려인이 방문을 닫아버렸을 때 장미가 울부짖으며 빨리 방문을 열어달라고 아우성쳤다지. 방문을 열어주자마자 달려 들어간 장미가 캔디에게 빈 젖을 물리며 달래서 차분히 가라앉혔다지. 그건 그녀가 보기에도 경이로웠다지.

둘이 같이 복이를 포획하려던 날, 간식이라면 물불 안 가리고 달려들던 복이가 의심에 찬 표정으로 간식을 마다한 채 포획 틀을 등지고 멀어져갈 때였다. 우리가 있는 곳으로 떼를 지어 다가오는 들개들이 보였다. 다급해진 내가 "아가야! 야옹아! 제발 가지 마!" 하며 애타게 부르자, 슬그머니 되돌아온 복이가 천천히 포획 틀 안으로 들어갔다. 포획 틀 문이 닫히는 절묘한 순간, 인왕산에서 내려온 들개들이 그 지점에 도착했다. 우리는 긴 숨을 내뱉았다.

낮에도 우리 골목은 물론 정부종합청사가 있는 광화문광장까지 내려와 어슬렁거리는 들개 떼를 없앨 수 없는 것은 동물보호단체들 때문이라고 한다. 들개를 포획하기 위해서는 마취총을 쏴야 하는데, 언젠가 한 마리의 들개가 마취총을 맞고 깨어나지 못했단다. 마취총을 맞고 깨어나도 잠깐 있다 안락사될 운명의 가여운 개였다.

그 사실을 안 동물보호단체가 동물 학대라며 들고 일어선 그 시점부터 수많은 길고양이들이 들개에게 물려 죽어가고 있다. 나는 우리 골목에서 들개 떼에게 물려 죽은 길고양이를 적어도 서른 마리는 보았고, 최근에는 사체가 훼손된 고양이까지도 보고 있지만, 동물보호단체가 제동을 건 들개 포획은 모두가 이구동성으로 말하듯 "사람이 물려야 해결"될 것 같다.

한번은 골목 끝에 있는 축구회관 근처에서 들개들의 뒤를 따라가는 경찰차와 119차를 보고 왜 그러고 있냐고 물었더니 "들개 때문에 신고가 들어와서 뒤를 따라 다니고 있다"라고 했다. 그들은 과연 그날 들개 뒤를 몇 미터나 따라다니다 돌아갔을까?

캔디를 찾기 위해 부른 탐정은 지금 널리 통용되는 캣맘이라는 단어를 만든 사람이라고 한다. 그는 욕을 잘했고, 수많은 고양이를 집에 들여 돌보는, 한마디로 기인이었다. 그는 또한 고양이 박사라는 말을 들을 만큼 고양이를 잘 알았다. 하지만 그는 캔디가 사라진 현장에 나타나 자질 없는 반려인을 나무라는 데 급급해 정작 캔디를 찾는 데는 그다지 도움이 되지 않았다. 그를 마냥 믿고 있을 수가 없어 경기도에 거주하는 다른 탐정에게 의뢰하자 먼저 불렀던 그가 자신의 권위를 떨어뜨렸노라며 노발대발했다. 하지만 나는 그의 권위나 세워주며 돈을 쓸 수가 없었다. 고양이가 있는 에덴동산을 꿈꾼다는 세 번째 탐정 역시 앞의 탐정들처럼 고양이 사랑이 대단했지만, 캔디를 찾아주지는 못했다.

지금도 나는 마음이 뒤숭숭하거나 알 수 없는 우울감에 시달릴 때면 탐정소설을 읽는다. 탐정소설에는 늘 살인사건이 등장한다. 살인미수를 다루면 더 재미 있을 것 같건만 대부분 사람이 죽어 나간다. 나는 연쇄살인이나 사이코패스를 다룬 소설에는 조금도 끌리지 않는다. 열심히 살던 사람이 어쩌다 보니 살인을 하게 되고, 그 살인을 둘러싼 인간의 삶이 생생하게 전개될 때 흥미를 느낀다. 얼마 전에는 애거사 크리스티와 조르주 심농 전집을 다시 읽어보았다. 역시, 그들의 작품에는 다양한 인간 군상들이 있었다.

수많은 인문학 책을 통해 인간을 좀 안다고 자부하던 나이지만, 고양이를 알고 난 뒤 만나는 인간들은 완전 딴판이다. 길고양이에게 밥을 주고 난 뒤부터 나는 인간들을 다시 보게 되었다. 편협함, 추함, 이기심, 편견으로 똘똘 뭉친 인간들을 보다가 이런 사람도 있구나, 싶은 훌륭한 인격의 소유자를 만나면 얼마나 큰 위안을 받는지!

내가 밥을 주는 장소에 수많은 품종 고양이들(벵갈 고양이까지!)이 나타났다 사라지고, 얼마 전까지도 오드아이, 샴, 블루러시안 들이 와서 밥을 먹고 있는 것으로 봐서 고양이를 잃어버리고 난 뒤 찾기란 쉽지 않은 것 같다. 고양이를 유기하기란 또 얼마나 쉬운가. 창문을 살짝 열어두기만 하면 호기심 많은 고양이는 제 발로 나간다. 우리 집 참깨도 택배가 왔을 때 삼중 문을 빠져나가 달아난 적이 있는데, 즉시 녀석의 탈출을 알아차린 내가 찾아 나서지 않았다면 찾았으리란 보장이 없었다. 만신창이가 된 제 놈을 구조해 살려준 나를 '병원에 처넣어 죽이려고 했다'라고 믿는 녀석을 찾았다고 해도 다시 집으로 데리고 오기란 쉽지 않았을 테다.

그럼에도 나는 다른 사람이 고양이를 잃어버렸다는 말을 들으면, 즉시 탐정을 부르라고 조언한다. 고양이를 찾는 데는 어떤 탐정도 우리보다 유능하다. 겁이 많은 영역 동물인 고양이는 집을 나서는 순간 위험이 도사린 남의 영역으로 들어가는 것이고, 혼비백산해 점점 집에서 멀어진다. 한마디로 호기심 많은 고양이는 호기심 때문에 마지막 걸음을 떼고, 그로 인해 죽음을 맞기도 하는 존재이다. 이런 고양이 세계에 탐정이 존재한다는 사실이 내겐 이제 당연하다고 생각된다.

'애니멀 호더', '노부부'

나의 아름다운 정원

하트를 버린 사람을 알고 있다. 물증은 없으나 심증은 백 프로다. 캔디를 버린 사람도, 복이를 버린 사람도, 흰둥이를 버린 사람도, 그 밖의 수많은 동물을 유기한 사람도 나는 알고 있다. 자신들은 그런 줄 모르겠지만, 그들은 이 사회에서 대체로 애니멀 호더로 불린다. 예전에는 몰랐는데 뜻밖에도 애니멀 호더가 바글바글하다는 사실에 여러 번 놀란다. 내가 이 동네에 살면서 직접 만난 호더만 해도 대여섯은 된다. 놀랍다!

내가 만난 첫 호더는 서울시 시민동물보호단이라는 그럴듯한 명칭으로 내게 자신을 소개했다. 이 동네에 살다가 야반도주한 그를 생각하면 그를 따라갈 수밖에 없었을 수많은 동물들의 운명에 가슴이 아프다. 애니멀 호더들은 자신의 집이 동물들에게 가장 열악한 장소임을 깨닫지 못한다.

동네의 호더가 사라진 뒤 그 집과 가까운 언덕에 사는 한 캣맘에게 그 사실을 가장 먼저 알렸다. 그러곤 호더가 밥을 주던 곳의 고양이들에게 대신 급식해줄 수 있냐고 물었을 때 짐작했던 대답을 들었다. 그때 나의 이성은 "스톱!"을 외쳤건만, 나의 급식소는 또 늘어날 수밖에 없었다.

걸핏하면 길고양이 사료를 탁탁 털어가서 경고문을 붙여놓은 지 몇 달 만에 제 발로 나를 찾아온 한 사이비(?) 목사는 내가 마지막으로 만난 애니멀 호더이다. 편의점 앞에 있는 그 급식소에는 성추행범을 비롯한 온갖 진상의 인간들이 출몰한다. 진돗개를 키우는 사람들이 십여 마리가 먹는 길고양이 사료를 털어가는 일이 빈번하고, 눈비에 젖지 않도록 마련한 급식집도 자주 파손된다. 무거운 유기그릇을 바위에 쳐서 깨뜨려놓고, 사료 그릇에다 방뇨를 하는 위인도 있다. 그런 일이 끊이질 않지만,

모르고 보면 가장 평화롭고 아름다운 장소이다. 서울성곽 길을 걷는 남녀노소가 고양이들의 사진을 찍고, 외국 관광객들의 눈길과 발길도 어김없이 그 풍경에 머문다.

애니멀 호더인 목사는 후줄근해 보이는 남자이다. 아직 젊은데도 이가 다 빠져 하나도 없고, 훤한 민머리이다. 무엇보다 나쁜 혈색이 그의 건강 상태를 짐작하게 하는데, 그것은 곧바로 그의 정신 상태를 의심하게도 한다. 가끔 눈빛에 인간 본연의 사악함이 담기기도 하지만, 비교적 그가 선량한 사람임에는 틀림없다. 거짓말을 할 줄도 모른다. 그 점으로 인해 융통성이라곤 없어 보이지만, 속을 알 수 없는 사람보다는 대하기 편하다. 그래서 나는 그 집에서 굶는 고양이를 돕는다. 처음 만났을 때 열둘이었던 녀석들은 숫자에 연연하는 애니멀 호더 때문에 열여섯이 되었다가 지금은 일곱으로 줄었다.

그에게서 고양이를 빼앗다시피 해서 중성화 수술을 하고, 입양을 보내는 일은 쉽지 않았다. 희생을 감수하며 도움을 준 사람들이 있었기에 가능했다. 그들에 대한 칭송은 생략하고, 목사 이야기를 좀 더 해야겠다. 가끔 한 인간의 선량함이 나로부터 분노를 자아낼 때가 있는데 그가 바로 그런 인간이다. 내가 남의 무능함을 언급할 자격이 있는지는 모르겠으나 내친김에 말하자면, 그는 정말로 무능한 인간이다. 작년 봄에 세상을 떠난 모친의 빈자리를 고양이들로 채우며 삶을 견딘 인간. 그래서 숫자에 연연하고, 중성화를 하지도 입양을 보내지도 못하는 인간. 눈앞에서 굶어 죽어가는 생명들이 자신과 함께 있어서 안전하고 행복하다고 믿는 터무니없는 인간.

동물병원으로 그 집 병든 고양이를 보낼 때는 데리고 갈 사람의 인상착의를 이렇게 설명했다.

“칠십 대로 보이는 오십 대 남자가 아픈 고양이를 데리고 가면 치료해주세요. 병원비는 제가 낼게요.”

그 전화를 받은 수의사 선생님까지 합세해 머리를 짜서 마지막 남은 한 마리까지 중성화 수술을 한 지도 여러 달이 지났다. 여러 사람들이 내게 화를 내며 말했듯이 그는 경제 사정이 나보다 나은 인간임에는 틀림없다. 당장 현금으로 바꿀 수는 없지만 집이 있고, 전문직에서 일하는 여동생들도 있다. 하지만 그는 수도와 전기와 가스가 수시로 끊길 정도로 돈이 없지만, 나는 지금껏 살아온 신용으로 빚을 내서라도 공과금을 연체하지 않을 능력(?)

이 있다. 그는 그토록 애지중지하는 반려묘들에게 훔친 사료를 먹여야 했지만, 나는 내가 산 사료를 먹인다.

애니멀 호더란 자기 능력 이상으로 집에 들인 동물에게 안식도 주지 못하는 반려인들이다. 이렇게 말하고 보니 나도 애니멀 호더일지 모른다는 불안감이 엄습한다. 하나같이 다쳐서 집에 들인 뒤 방사하지 못한 나의 고양이들은 저희끼리 연합해 나를 피하고, 하악질을 하고, 발톱을 세운다. 내가 바로 옆에서 큰 소리를 내며 일을 해도 눈 하나 깜짝 않고 자는 것을 보면, 그들이 나를 정말로 무서워하는 것 같지는 않다. 반려인인 내겐 녀석들과 밀당 따위나 하고 있을 시간도 에너지도 없다. 내가 녀석들에게 더 적극적으로 다가가고, 더 사랑스러운 목소리로 이름을 불러줬다면 지금쯤 한 녀석의 털을 빗겨줄 수 있을지도…….

캣맘이 되기 전까지 나는 조금이라도 내키지 않는 일은 하지 않았다. 캣맘이 된 뒤부터 수입이 되는 웬만한 일은 하고 있다. 그때마다 그 일은 사료가 몇 킬로인지 닭가슴살이 몇 상자인지로 환산된다. 그러면 그 일을 해야 하는 지금의 내 모습이 스스로 그다지 불쾌하지 않다. 이래도 한세상, 저래도 한세상이다.

우리 집 고양이나 길고양이에게 주는 사료와 간식의 질이 너무 높다고 누군가가 지적할 때마다 유년의 우리 집 밥상이 떠오른다. 소고기 가격이 금값이었던 나의 십대 어느 날들도 생각난다. 육식을 하지 않았던 그때, 내 몫의 고기를 나를 쳐다보고 있는 개에게 먹인다고 해서 가족 중 누구도 나무라지 않았다. 그런 것은 순전히 내 의사에 달려 있었다. 독립하여 병든 개를 기를 때도 마찬가지였다. 어쩌다 고급 레스토랑에서 스테이크 따위를 먹으면 나는 체신을 구기면서라도 싸 가서 우리 집 개에게 먹였다. 그때마다 집으로 가는 발걸음은 가벼웠고, 자신의 힘으로 먹이를 구하지 못하는 우리 집 개가 그걸 맛있게 먹는 모습을 보면 행복했다.

지금도 나는 자신의 능력으로 먹이를 구하지 못하는 인간 곁의 생명을 보면 마음이 무겁다. 이런 것이야말로 체질일 게다. 한중작가회의로 중국에 갔던 첫해, 산책하던 나는 그곳에서도 고양이들을 보았다. 음식이 넘쳐나는 호텔의 산책로에서 마주친 고양이는 너무나 야위었지만, 사람에게 얻어먹은 적이 없는지 기대도 하지 않고 나를 스쳐 지나갔다. 그 고양이의 무관심에 가슴이 아팠다. 한 번도 사랑받아본 적 없는 아이처럼 느껴졌던 그 고양이가 돌아와서도 생각났다. 그래서 나는 다음 회의에 참석할 때도, 그 다음번 회의에 참석할 때도 고양이가 좋아하는 간식을 챙겨갔다.

내가 목사 집 고양이들을 중성화 수술 시킬 때 힘에 부쳐 도움을 청한 사람이 SNS에 사연을 올리는 바람에 많은 캣맘들이 그 집을 오가며 도움을 주었다. 이런 식의 적극적인 도움은 길고양이 세계에서나 있는 일이다. 그랬음에도 그 집을 돕기 위한 모금이 있었음을 나는 뒤늦게 알았다. 남의 주머니를 터는 데는 어떤 식으로든 위험이 도사리고 있어 문제가 생겼고, 그제야 모금 진행을 알게 된 것이다.

자신의 돈은 1억을 하룻밤에 흥청망청 써도 되지만 남의 돈은 1원도 정확하게 써야 한다. 그걸 잊기 때문에 돈이 모이는 곳에는 늘 분란이 생기는 것도 같다. 늘 스스로에게도 남들에게도 강조하지만 나는 공짜를 좋아하지 않는다. 모든 공짜에는 대가가 따른다. 뭔가를 공짜로 받은 사람에게 느끼는 부담감도 내겐 무겁고 큰 대가이다. 누군가가 날마다 30만 원씩(은행 창구에서 익명이 가능한 송금액이라지) 랭보, 보들레르, 이상, 백석, 엘리아르 같은 이름으로 송금해주고 죽을 때까지 비밀로 한다면, 그건 기꺼이 잘 받아 쓰겠다.

내가 알고 있는 또 다른 애니멀 호더는 허세가 심하다. 자신을 그럴듯하게 보이기 위해 사실을 곧잘 부풀리기 때문에 그는 진실을 아는 사람들에게 평판이 좋지 않다.

"누가 알면 미쳤다고 할 거예요. 고양이에게 매달 삼사백 만원을 쏟아붓고 있으니."

"……"

"고양이 화장실을 치우느라 손목이 나갔죠, 배설물이 담긴 무거운 쓰레기봉투를 옮기느라 허리가 나갔죠, 그걸 들고 오르내리느라 무릎이 나갔죠, 애들을 다 먹여 살려야 한다는 극심한 스트레스로 혈압에다 녹내장까지……"

"……"

"이렇게 사느라 거지 신세가 되었으니 가족들이 알까 무섭죠."

"……"

구체적으로 자신을 이야기할수록 나한테 점점 거짓이 들킨다는 사실을 그가 알았으면 좋겠다. 거부감을 갖고 그 사람을 대하기가 너무 힘들다.

나는 지금 넓디넓은 정원을 내다보며 이 글을 쓰고 있다. 이렇게 쓰고 보니 심윤경의 『나의 아름다운 정원』이 생각난다. 심윤경이 얼굴도 보지 않고 입양한 고양이 호두와 피칸, 그다음에 들인 곰이도 생각난다. 그녀의 집은 우리 집에서 백여 미터 남짓 되는 거리에 있다. 심윤경의 소설에 등장하는 정원도 내가 지금 언급한 정원도 모두 남의 아름다운 정원이라는 공통점이 있다. 심윤경의 『나의 아름다운 정원』은 성장소설이고, 이 글을 쓰는 나는 뒤늦게 이상한 방식으로 성장하고 있는 듯하다.

나의 창밖 넓디넓은 집에서 살던 노부부는 작년부터 내가 이 집으로 이사 오기 직전에 세를 얻었던 한옥에서 산다. 그 한옥은 습해서 곰팡이가 심하고, 뒷집의 물길이 그 집 마당으로 낮게 흘러가기 때문에 맑은 날에도 비릿한 냄새가 난다. 나는 고양이들을 데리고 그 집에서 살기 위해 거금을 들여 수리했지만, 불가능하다는 판단을 내린 뒤 지금 집으로 이사했다. 나도 못 견딘 집에서 노부부가 사는 것은 분명 쉽지 않을 테다. 노부인과 나는 날마다 서로의 안녕을 묻고 복을 빌어주지만 "제가 지금 집으로 이사하기 전에 그 집에서 살았어요"라는 말은 차마 하지 못한다. 길가에 있는 방은 유난히 곰팡이가 심해 단열시트지를 겹겹이 발랐었는데, 그 상태 그대로 그들이 살고 있는 방에는 늘 불이 환히 켜져 있다.

"당신은 아름답게 사는 거예요!"

대저택에 살았던 노부인은 늘 이렇게 나를 격려한다. 그러면 나는 반성문을 쓰듯 웅얼거린다.

"제정신이 아닌 거죠."

"무슨 그런 말을! 사람 사는 거 별거 아니에요. 잘 살고 있어요!"

하늘 말마다 백 프로 진심이 느껴지는 그녀가 입고 있는 옷은 유행을 타지 않는 스타일이고, 아주 고급스러워 보인다. 나는 내 몰골을 내려다보고 깔깔대며 말한다.

“이런 상거지가 주는 밥을 얻어먹는 우리 동네 고양이들이 불쌍해요.”

노부인은 더 강한 어조로 나를 칭찬하며 가던 길로 몸을 돌린다. 아름다운 자태이다. 그렇게 헤어졌다가 가끔은 뭔가 미진하다 싶은지 어느새 내 앞에 다시 돌아와서 있기도 한다. 그럴 때면 나를 대하는 그분의 선량함이 더 진하게 느껴진다.

내가 내다보고 있는 대저택의 정원은 우리 집 모든 창을 녹색으로 가득 채운다. 삼백 평 되는 그 집 정원에서는 고양이들이 자주 보이지만, 집이 빈 지 어느새 한 해가 되었다. 어제 새벽에는 그 집 담장에서 떨어진 어미 고양이가 다리를 절룩거리며 울고 다녔다. 같이 떨어졌을 아기 고양이는 담장 반대편에서 목이 쉬도록 울어댔다. 밤새 잠을 설쳤지만, 도와줄 방법이 없었다. 목이 쉰 고양이들의 울음소리가 멎은 지는 한참 된다. 둘이 잘 상봉했기를, 크게 다치지 않았기를 바라며 나는 상비약 꾸러미를 뒤져 필요하게 될지도 모를 약을 자그마한 캡슐에 넣어둔다.

'고등어', '마리'

누가 준 선물일까

잠깐 나갔다 온 사이에 현관문에 뭔가가 매달려 있었다. 그걸 내게 주려던 사람이 문자 한 통 없었던 것으로 봐서 귀찮게 하지 않으려는 배려가 느껴졌다. 쇼핑백엔 테이프가 감겨 있어 안에 담긴 것이 뭔지 재깍 가늠되지 않았으나, 손에 느껴지는 감촉은 가볍고 말랑말랑했다.

"아악!"

덜 테이핑된 틈으로 안을 들여다보던 나는 비명을 질렀다.

"뭐 이딴 인간이 다 있어!"

분노가 치밀었다. 쇼핑백 안에는 두 마리의 아기 고양이가 들어 있었다. 한 녀석은 민화에 자주 등장하는 고등어, 다시 말해 회색 줄무늬이고, 다른 녀석은 흰 바탕에 작은 얼룩이 있는 전체적으로 하얀 녀석이었다. 둘 다 이미 지칠 대로 지쳐 죽은 듯 잠잠했다.

우리 집에는 아직 예방접종이 되지 않은 반려묘들이 있어 함부로 고양이를 들일 수 없지만, 어쩔 수 없이 녀석들을 데리고 화장실로 향했다. 상자를 마련해 그 안에 작은 담요를 깔고 녀석들을 꺼내놓자 회색 줄무늬는 이미 움직임이 없었다. 흰둥이는 겁에 바짝 절어 있지만, 먹을 것을 주자마자 얼른 먹어치운다. 먹는 것으로 봐서 태어난 지 한 달 보름은 넘은 듯한데, 하나같이 오자미처럼 작다. 이미 반쯤 숨이 넘어간 고등어가 흰둥이에게 좋은 영향을 줄 것 같지 않아 상자 밖으로 꺼내놓자 흰둥이가 눈에 띄게 불안해한다. 설마 하는 마음에 다시 혈육이 있는 상자 안에 넣어주니 흰둥이가 훨씬 안정된다. 생김새는 다르지만 같은 배에서 태어나 같은 젖을 물다가 버려진 것이 분명했다. 아마도 분명 골목의 어느 집 마당에서 태어났고, 어미가 없을 때 가로채였을 것이며, 가로챈 손이 내친김에 죽여버릴 정도로 마음이 모질지는 못해 선행을 한다는 착각으로 몰래 내 집에다 버렸을 테다. 그는 남에게 얼마나 큰 짐을 지운 줄도 모르고 분명 두 생명을 구했노라 흐뭇해했을 것이다.

거의 숨이 넘어간 고등어가 생각보다 오래 버티는 것을 보고 있자니 심란했다. 한옥에 살 때 죽기 직전에 우리 집에 들어와 숨을 거두는 고양이를 많이 봤던 나는, 그들의 마지막을 어떻게 지켜봐야 하는지가 늘 숙제였다. 누군가가 살포한 독약을 먹고 우리 집 지붕으로 왔던 한 고양이는 저녁부터 새벽까지 긴 고통을 이어갔다. 그 녀석의 죽음은 내가 기억하고 있던 몇몇 사람의 힘든 임종과 조금도 다르지 않았다. 잠깐 열려 있던 창고에 들어앉았던 동네 대장 고양이의 죽음은 또 얼마나 강렬했던가. 완전 블랙이었던 그 대장 고양이는 다른 수컷들에게 너무도 거칠었고, 그로 인해 수많은 수컷이 생사의 갈림길에 서곤 했다. 그처럼 당당하게 지존의 자리를 지키던 녀석이 어느 날 만신창이가 되어 우리 집으로 들어왔다. 녀석은 극도의 스트레스를 받는 동물만이 내뿜는 심한 악취를 풍기며 잠깐 열려 있던 창고로 들어가 꼼짝도 하지 않았다. 백열등을 켜고 보면, 녀석의 상태가 한눈에 짐작되었다. 오래 지켜왔던 지존의 자리를 빼앗기는 과정이 얼마나 치열했을지 악취 속에 섞인 피 냄새만으로도 짐작할 수 있었다. 녀석이 살아서 밖으로 나가도 똑같은 위험이 도사리고 있을 테니, 팔부능선을 넘은 것처럼 보이는 죽음의 과정을 빨리 끝내는 것이 최선 같아 보였다.

'그래, 거기서 편히 죽어라.'

내가 해줄 수 있는 것은 그뿐이었다. 그러자 죽는 데도 힘이 필요하다던 어른들의 말이 떠올랐다. 힘을 내서 잘 죽으라는 의미로 나는 물과 습식 사료를 넣어주었다. 하지만 며칠이 지나도록 녀석은 버티고 있었다. 물 한 모금 먹지 않은 채 그토록 버틸 수 있는 것도 대장이기 때문에 가능했다.

마지막으로 문을 열었을 때의 녀석은 평소보다 눈이 초롱초롱했고, 심지어 생기마저 느껴졌다. 그걸 보자 거기서 죽도록 내버려 둔 내 판단이 틀렸다고 생각되었다. 결국 119가 와서 녀석을 올가미로 포획했고, 친절하게도 동물병원으로 옮겨주기까지 했다. 하지만 그날 밤, 녀석은 병원에서 죽었다. 그제야 또 어른들이 했던 말이 생각났다. 사람이 죽기 직전에는 정신이 맑아지고, 힘도 부쩍

나서, 잘 회복되고 있는 것처럼 보이기도 한다던 말이. 그건 같은 포유동물인 고양이에게도 해당되었다.

그런 경험이 있지만, 나는 생각보다 잘 버티는 고등어 때문에 뒤숭숭해하다가 흰둥이까지 데리고 가 같이 입원시켰다. 하지만 결과는 대장 고양이 때와 똑같았다. 우리 집에서 편히 숨을 거두게 됐으면 더 좋았을 고등어 역시 그날 밤 병원에서 숨을 거뒀다. 다음 날 고등어를 한지로 싸서, 두 녀석을 우리 집 현관문에다 매달아 놓았을 거라고 짐작되는 사람이 사는 집의 담장 안에다 묻었다. 그 위에는 주변에 널린 풀꽃으로 작은 꽃다발을 만들어 올려놓았다. 그걸 창으로 내다보던 사람이 아무 말도 하지 않은 그 상황보다 더 강한 실토가 어디 있겠는가.

흰둥이는 우리 집 고양이들이 스트레스를 받거나 말거나 폴짝폴짝 뛰며 잘 놀았다. 사람도 잘 따라서 잠깐 멈춘 내 발등을 베고 있거나, 발치에서 통통 튀었다. 하지만 우리 집 고양이들은 흰둥이가 다가가면 겨울바람에 쓸리는 낙엽처럼 스산한 얼굴로 몰려다녔다.

운이 좋아 흰둥이는 물고 있던 흙수저를 내던지고

금수저를 물었고, 마리라는 이름을 얻었다. 향긋한 녀석에게 잘 어울리는 이름이다.

마리는 셋째로 입양되었는데, 그 집에선 마리의 역할이 아주 중요해서 파양될 수도 있다는 조건이 붙었다. 어찌 보면 최악의 입양 조건이었다. 사람에겐 더없이 살가운 두 마리 고양이가 눈만 마주치면 서로 죽일 것처럼 싸우는 바람에 몇 년 동안 격리되어 지내는 집에서 흰둥이는 본드 역할을 해야만 눌러앉을 수 있었다. 영리한 마리는 자신의 역할을 거뜬히 해냈고, 단숨에 반려인의 마음까지 사로잡아 혼자 비싼 캣휠을 타며 잘살고 있다.

길고양이에게 밥을 주는 나는 이 동네에서 기인이나 정신이 이상한 사람으로 통하는 것 같다.

언젠가는 누가 세차게 현관문을 두드렸다. 안에서 누구인지 물었더니 문을 열어달라는 말만 계속 들렸다. 왠지 좀 긴장되어 문을 열어줄 수 없는 상황이라고 했더니 들리는 말.

"새 기르시겠어요?"

"네?"

"새요, 새. 새를 기르시라고요!"

그 목소리를 가진 사람을 나는 알고 있어 더욱 섬뜩했다. 그럴수록 더 태연해야 했다.

"아이고, 고맙지만 새를 기를 형편이 못되네요. 아무튼 고맙습니다. 안녕히 가세요!"

얼마 전, 마리의 발정이 시작되어 중성화 수술을 한다는 연락을 받았다. 흰둥이 마리가 수술하고 있을 시간, 까마득한 기억 하나가 떠올랐다. 지금은 버젓한 사회인이 된 조카가 학생일 때 우리 집에 오면서 길고양이를 한 마리를 안고 온 적이 있었다. 고3 때 두 번이나 가출할 정도로 분란이 많은 가정에서 성장한 만큼 상처가 많은 조카라서 길에서 죽어가는 아기 고양이가 불쌍해 그냥 올 수 없었던 거였다. 그때 우리 집에는 분열증이 심한 개가 있어서 젖병을 물려야 하는 아기 고양이와 병든 개가 내는 비명이 밤새도록 계속되었다. 결국 나는 문 여는 시간에 맞춰 측은지심이 있는 여의사가 운영하는 동물병원 문에다 아기 고양이를 걸어두었고, 그 녀석은 좋은 집에 입양되었다. 가타부타 메모 한 줄 없이 유기한 고양이였다. 어쩌면 나는 그 죗값을 치른 것일 터.

'캣대디'

의사 캣대디

오랜만에 친구들과 만나 한가한 저녁 시간을 보냈다. 한창 대화가 무르익을 때 뜻밖의 사람에게 문자가 왔다.

"안녕하세요. 부동산 근처 고양이들이 요즘 잘 안 보이네요. 고양이들 별일 없죠?"

캣대디인 의사였다. 그가 우리 집과 가까이에 있는 아파트로 이사 온 지 몇 해가 지났고 종종 마주쳤지만, 이름을 안 것은 지난주이다. 좀 불공평하지만, 그이가 몇 년생인 것도 알고 있는 나에 관해 그가 아는 것은 없을 것이다.

유기견 둘을 입양해 날마다 산책시키는 그의 아내와는 더 일찍 인사를 나누었는데, 개들 이름을 제외하곤 대화 내용을 다 잊어버렸다. 나와 비슷한 연배처럼 보이는 그들의 모습이 아무리 근사해도 캣맘인 내게 남편은 캣대디, 개를 산책시키는 부인은 첫 번째 입양견의 이름에 더 붙는 코코맘일 뿐이다. 동물과 같이 사는 사람들에게 이보다 더한 존재감이 있을까.

현실이 이렇지만, 일찍이 나는 고양이에게 "그 아이들이……"라는 표현을 썼다가 눈까지 붉어질 정도로 모욕을 당한 적이 있다. 그 일은 내가 여러 해 동안 급식하는 골목에 여행사가 이사 오는 순간 시작되었다. 한마디로 동물혐오주의자인 젊은 이들이 '동물에 대한 순수하고 높은 감수성'을 대문에 내걸고 동물 체험과 관련된 상품을 팔고 있었던 것이다.

언쟁을 피해 새벽에 급식할 때 그들은 일부러 귀중품을 골목에 떨어뜨리고 내가 그걸 줍도록 유도한 적도 있었다. 고양이 급식 외에는 일절 관심이 없던 내가 인기척에 둘러보자 그들이 어둠 속에 숨어서 결정적인 순간을 찍기 위해 카메라를 작동하고 있었다. 그런 지뢰밭을 여러 번 피했건만 어느 날 나는 종로경찰서로 불려갔다.

담당 형사 앞에 앉기까지의 과정을 설명하던 중 내

가 무심코 '동네 고양이'를 '그 아이들'이라고 표현했던가 보다. 각진 턱에 눈매가 매섭던 담당 형사가 '네가 얼마나 밥맛없는 인간인 줄 알고 있냐?'는 노골적인 표정으로 나를 노려보았다. 곧 그가 형사들로 가득한 큰 방이 탕탕탕 울리는 총성 같은 목소리로 "그 아이들이란 대체 누구를 말하는 겁니까? 네?"라고 했을 때 나는 이리 굴로 들어간 토끼가 된 심정이었다. 공권력이라는 제복 안에 엄청난 동물혐오주의자가 숨어 있다던 말이 또 한 번 실감 났다.

태어나서 처음 경찰서라는 데를 가보게 만든 그 커플을 떠올릴 때마다 내겐 '악'이라는 단어가 떠오른다. 그들이 운영하는 여행사에서 한 언론사를 끼고 회원을 모집해 기획 상품으로 부가가치를 올리는 것을 알았을 때는 그들의 악행을 아는 사람들까지 심란해했다.

친구들과 오랜만에 저녁 시간을 보내며 '이런 한적한 저녁 시간이 얼마 만인가?' 하고 있던 나는, 캣대디가 보낸 문자 때문에 캣맘으로 급전환했다.

'요즘 거의 매일 인왕산의 들개들이 떼를 지어 내려

와 고양이를 사냥하고 있어요. 개 때문에 고양이들이 겁을 먹고 사라진 거예요'라는 문자를 어둠 속에 서서 읽고 있을 그의 모습이 눈에 선했다. 전화를 미처 내려놓기도 전에 다시 문자가 날아왔다.

"아, 그런가요? 제가 밥 주는 아이들도 피해를 입었나요?"

"구내염에 걸린 꼬질꼬질한 애가 안 보이고…… 중성화 수술을 한 노란 고양이들도 안 보여요. 선생님이 사시는 스페이스본의 노랑이도 물려 죽은 것 같아요."

개들에게 몸이 해체된 채 내 눈에 띈 가여운 고양이는 차마 언급하지 못했다. 깊은 밤이면 사람들에게 유기된 큰 들개들이 떼를 지어 정부종합청사와 광화문광장까지 내려와 어슬렁거린다는 말 역시.

"아, 예. 알려주셔서 감사합니다. 안타깝네요. 안녕히 계세요."

이 의사는 대할 때마다 신선하다. 얼굴에서 장난기와 여유로움이 읽히는데, 입고 있는 옷이나 컨디션에 따라 그는 풋풋한 청년처럼 보이기도 한다. 그의 존재를 모르던 시기에, 사료가 비에 젖지 않도록 목공소에서 짜다

놓은 급식소 위에다 누군가가 날마다 사료를 얹어두고 사라지곤 해서 스트레스를 받았다. 그러면 고양이 밥이 아닌 비둘기 밥이 되어 민원이 발생할 터라 앞 여행사의 비둘기 퇴치를 빙자한 길고양이 학대에 넌더리가 난 나로서는 너무도 신경이 쓰였다. 급식소 위에 두고 가는 사료가 그의 작품이며, 하루도 빠짐없이 나타나는 그가 그 의사인지 안 것은 한참 뒤였다.

나는 안정된 삶을 사는 그의 가족 모두에게 끌린다. 하지만 끌림은커녕 거부감만 느껴지는 사람과의 수많은 인연 역시 고양이가 없었다면 상상할 수 없다. 고양이의 안전을 위해 동네 사람들에게 먼저 인사하는 습관이 생긴 캣맘들은 끼리끼리 만나면 이런 말을 한다.

"길냥이에게 밥만 안 줬으면 길에서 만나도 눈길조차 안 줬을 사람들인데……."

그처럼 상냥하게 굴어도 고양이들에게 밥을 주다 보면 남들은 평생 한 번도 안 당할 수모를 당하기도 한다. 축구회관 옆과 내 급식소 한 곳을 오가며 고양이들에게 간식을 주는 그 의사도 그랬던가 보다. 이웃으로부터 "당신이 먹이는 고양이들이 망쳐놓은 우리 집 지붕을 싹 수리했"으니 전액 변상하라는 억지소리를 들었다고 한다. 캣대디가 사는 아파트와 바짝 붙어 있는 그 한옥은 재개발 차익을 기대하는 이십여 년 동안 빈 헛간처럼 방치되어 있었건만.

캣맘이 된 뒤로 나는 자신이 용량이 아주 큰 사람은 아닐까 생각하곤 한다. 밖에 사는 고양이들을 먹여 살리느라 들어가는 돈 때문에 하는 말이 아니다. 차에 치인 고양이, 병든 고양이, 독살된 고양이 들을 병원으로 나르고 마지막 과정을 치르는 동안 나는 많이 강해졌다. 특히 예기치 않게 몇 차례의 수술을 받아야 했던 고양이를 입양시키는 것에는 더한 인내심이 필요했다. 그런 녀석들을 버릴 수 없다고 마음을 정하고 있으면, 늦게라도 입양처가 나왔고, 그것은 가히 기적이라 할만했다.

나비처럼 팔랑대는 아기 고양이를 입양시키는 것도 어렵기는 마찬가지였다. 선뜻 입양하겠다는 말을 믿고 "화장실과 사료, 스크래처와 모래를 미리 준비해 두세요" 라고 하면, 대부분의 경우 잠깐의 침묵이 흘렀다. 곧이어 "아직은 마음의 준비가 되지 않은 것 같아요"라는 말이 정석처럼 들렸다. 그럼에도 내가 그 많은 고양이를 입양시킬 수 있었던 것은, 입양자의 성향을 살펴본 뒤 안 되겠다 싶으면 아예 한살림 장만해 보냈기 때문일지도 모른다. 한 생명의 운명이 달린 일은 그처럼 물질(모래, 사료, 화장실, 간식, 드물게는 접종비와 중성화 수술 비용까지)에 좌우되는 경우가 많았다. 그래도 일단 입양되면, 입양자는 자주 사진을 보내주며 입양하기를 아주 잘했다는 인사를 하고, 둘째와 셋째도 들이곤 했다.

한번은 동물병원 계단에 서서 받은 입양자와의 전화 내용을 들었다고 짐작되는 수의사가 내게 그런 식으로 입양을 보내면 안 된다고 경고했다. 삼십여 년을 한결같은 그의 인품도 놀랍지만, 빠르고 명쾌하고 이성적인 판단에 나는 자주 감탄한다. 그런 사람의 경고를 들은 뒤엔 머릿속이 더욱 뒤숭숭했고, 심지어 그의 눈치를 보게 되었다.

삼십여 년 된 인연이지만 우리는 사적인 대화는 일절 하지 않는다. 그가 다녔던 수의대 캠퍼스에 문학 관련 심사를 하러 다녀온 다음 날 병원에서 만나도 나는 속으로만 그 사실을 되뇔 뿐이다. 우연히 서촌의 한 식당에서 마주친 그의 부인이 무척 사랑스러워 보였다는 말도 생략한다. 우리는 오직 동물의 생사와 그에 대한 정보, 지식만 주고받는다. 그런 사람에게 듣는 충고는 깊숙이 들어오는 칼날처럼 묵직한 통증을 동반한다.

나는 지금껏 살면서 3대 악마를 만났다는 농담을 이따금 한다. 그들은 모두 내가 캣맘이 된 뒤 길고양이 때문에 만난 사람들이다. 말 못 하는 동물 뒤에서 자신의 정체성을 숨기며 부가가치를 올리고 있는 그들은 엄밀한 의미에서 큰 악마도 못 된다. 작지만 삿되고 위험한 사람들일 뿐. 하지만 세상은 끝없이 속아주지 않는다. 그들이 그 사실을 알고 잘 처신했으면 좋겠다.

많고 많은 우여곡절 끝에 내일을 장담할 수 없는 작은 생명들이 아슬아슬하게 인간의 손길 안으로 안착했다. 그들 중엔 의사 집으로 간 마리도 있다. 마리는 캣휠을 타며 반려인을 웃게 하고, 천하의 원수처럼 피투성이가 되도록 싸우는 두 고양이 사이에서 완충 역할을 하며 잘 살고 있다.

‘의사 S’

두 청춘, 두 캣맘

의사인 S를 만난 것은 길에서였다. 내가 고양이에게 밥을 주느라 등을 구부리고 있을 때 뒤에서 그녀가 말을 걸었다.

길고양이에게 밥을 줄 때 지나가는 사람들은 하나같이 부담스럽다. 고양이들에게 모델비로 닭가슴살 반쪽도 던져주지 않으면서 온갖 각도로 사진을 찍는 사람들의 앵글을 피해 할 일을 하다 보면 속이 부글부글 끓곤 한다. 한술 더 떠 “뭐 하시는 거예요?”라며 행인의 시선을 모으는 사람은 정말 밉살맞은 위인이다. 그러니 나는 S에게 속으로 ‘당신 길이나 내처 가시죠!’ 했을 테고, 눈매가 차가웠을 것이다. 그러건 말건 “저도 캣맘이에요”라며

S는 가지 않았다. 바로 그 장소에서 나는 수많은 캣맘을 만났고, 그들과의 인연을 통해 깨달은 것은 나를 도와줄 캣맘은 없다는 사실이었다. 반대로 도와달라는 캣맘은 너무도 많았다. 나는 지쳤고, 다가오는 캣맘은 그저 무섭고 부담스럽다.

"저도 캣맘이에요"라는 말에 시선을 돌린 내 입에서 제어되지 않고 튀어나간 말은 내 귀에도 무례하게 들렸다.

"아니, 무슨 캣맘이 이렇게 부티가 줄줄 흘러요?"

사실 S에게서 느껴지는 것은 부티가 아니라 귀티였지만, 그때의 내겐 그 둘이 다를 바 없었다. 그녀에게선 사료와 물과 간식을 든 구질구질한 캣맘의 분위기라곤 조금도 느껴지지 않았으니. 바비 인형 같은 몸매에 멋진 선글라스를 쓴 그녀는 내가 한방 먹여서라도 보내려는 말투를 알아챈 듯 잠시 주춤했다. 그런데도 그녀는 홱 돌아서 가지 않고 서서 "선생님이 밥을 주는 고양이들은 다 행복해 보여요"라고 했다. 그러곤 나의 도움이 필요하다고 말했다. 정직한 태도와 말투였다. 딱 그 순간부터 그녀는 악연으로 느껴졌던 몇몇 캣맘과 확연히 달라 보였다.

우리의 인연은 그렇게 시작되었다. 사직터널 바로 위

길거리 급식소에서. S는 동국대 캠퍼스 안의 십여 곳과 남산 자락에서 길고양이 급식을 하고 있었다. 게다가 S는 나처럼 명함도 없는 추레한 프리랜서가 아니라 명함이 있는 버젓한 전문직 사회인이다. 어쩔 수 없이 캣맘이 된 것도 아니었다. 심한 고양이 털 알레르기가 있음에도 불구하고, 고양이가 좋아서 스스로 캣맘이 된 사람이다. 남산에서 우연히 치즈태비 한 마리를 만났고, 그 녀석이 그녀를 대형 캣맘으로 만들었단다. 남편도 의사인데, 아내인 S의 삶을 존중한 듯하다. 그렇지 않다면 그 부부가 길고양이 급식소와 가장 가까운 충무로에 있는 아파트로 급히 이사할 수는 없었을 테다.

자신의 일을 제대로 하면서 남들이 단잠을 자는 새벽에 깨어 길고양이 급식을 하는 것은 쉽지 않다. 우리 집과 사직대로를 사이에 두고 있는 서촌에서도 유능한 전문직 여성이 길고양이들에게 밥을 주고 있다. 그녀는 동시통역을 하면서 우리에게 잘 알려진 프랑스 유명 작가의 작품집을 전속하다시피 번역한다. 문자 한 번 주고받을 시간이 없을 만큼 바쁘게 살고 있지만, 그녀 역시 길고양이 급식을 멈추는 날이 없다. 공부 잘한 부부를 닮은 딸의 하버드대 입학식에 참석하기 위해 그들이 길고양이 급식 문제를 어떻게 해결했는지까지 알고 있는 나는, 이따금 그녀의 안부가 궁금하지만, 굳이 묻지 않는다. 캣맘끼리는 늘 무소식이 희소식임을 알고 있다.

S와 내가 서로 무슨 일을 하는 사람인 줄 모르고 만났던 그때. 좀 도와달라는 S를 나는 냉정하게 대했다. 첫 만남에서 알려준 전화로 연락이 왔을 땐 나도 모르게 냉랭한 목소리로 대응했다.

"내일 교외로 잃어버린 고양이를 찾으러 갈 거예요. 자세한 이야기는 오가는 동안 했으면 해요."

그 말에 나가떨어질 줄 알았던 그녀는 그렇게 하겠다고 했고, 지방 소도시로 가는 나와 동행했다. 그날 나는 그녀가 흰 가운을 입고 오후 근무를 해야 하는 줄 상상도 하지 못했다. 점심을 거르면서 그곳에서 나를 돕던 그녀가 떠난 뒤에도 한동안 우리는 서로가 무슨 일을 하는 사람인 줄 모르고 지냈다.

연말을 보내며, 그리고 연초가 지난 한참 뒤에도 문

자 한 통 없었던 S의 안부가 궁금해 불쑥 전화했다. 오랜만에 듣는 그녀의 목소리는 피로에 절어 심상치 않게 느껴졌다. 나는 다짜고짜 좀 쉬어야 한다고 말했다. 새벽에 일어나 강도 높은 길고양이 급식을 한 뒤 출근해서 환자를 대하다 보면, 의료 사고도 날 수 있다고 느낀 나는 의견이 아닌 주장을 하고 있었다. S는 쉬고 싶지만 길고양이 급식을 믿고 맡길 사람이 없다고 했다. 그건 캣맘들의 공통된 문제이다.

S는 작년 여름, 한결같던 3년 동안의 급식을 멈추고 스위스에 있는 가족을 만나러 간 적이 있었다. 그때 한 여대생이 급식 알바를 했다. S는 고양이들의 안부가 궁금해 스위스에서도 한국 시간으로 살며 전화로 아르바이트생과 날마다 연락을 주고받았고, 사진도 실시간으로 받았다고 한다.

돌아와서 S는 적잖게 놀랐단다. 여학생은 며칠씩 급식을 하지 않았고, 날마다 물그릇이 바짝 말라 있었다는 이야기를 그곳을 관심 있게 지켜보던 여러 사람으로부터 들었기 때문이다. 아르바이트생은 한 번에 여러 장 찍어 뒀던 사진을 날마다 바꿔 전송하며 S에게 너스레를 떨었던 것이다. 그럼에도 그 학생이 사례가 후한 그 아르바이트를 계속하고 싶다는 의지를 S에게 적극적으로 나타내다가 먹히지 않자 "혹시 제가 뭘 잘못했나요?"라고 당당하게 물었다니 징그럽다. 청춘의 머릿속이 그처럼 야비한 치밀함으로 가득하다니…….

결국 나는, 가끔 내가 도움을 받는 정현이를 소개했고, 우리는 새벽에 S의 집 앞에서 합류했다. 반드시 일주일에 두 번씩은 쉬며 빨리 체력을 회복해야 한다는 내 말에 S가 한 말은 또 얼마나 그녀다운지.

"애들이 보고 싶어 절대로 일주일에 두 번 쉴 수는 없어요!"

그럼 일주일에 한 번이라도 쉬라는 내 말에 S는 동의했고, 나와 같이 간 정현이의 따뜻하고 정직한 내면을 한눈에 꿰뚫어 보고 아주 기뻐했다.

아직 캄캄한 캠퍼스 안에서는 동국대 길고양이 동호회 회장이 질서를 깨트리는 한 마리 고양이를 잡아 중성화 수술을 하기 위해 포획 틀을 놓고 있었다. 사실 정현이와 같이 그곳에 갈 때까지만 해도 나는 그녀의 급식이 그처럼 강도 높으리라 상상도 못 했다. 나보다 가파른 언덕이 끝없이 이어지고, 계단이 머리 위로 쏟아지는 그녀의 급식소를 보는 순간 나는 숙연해졌다. 캣맘들은 다 이상한 사람들이고, 그녀도 마찬가지다. 평소 자신이 감당할 수 있는 무게의 몇 배가 되는 짐을 들고 빨치산처럼 빨리 움직인다.

'우리는 왜 이렇게 살고 있을까?'

나와는 달리 S는 이런 생각 한번 하지 않는 진짜 캣맘이다. 길고양이를 만나는 그 시간을 정말로 좋아하고, 행복해한다. 인연이란 묘해서 알고 보니 S의 친구와 나와의 인연도 예사롭지 않았다. 그 사람을 통해 우리는 일찍 만날 수도 있었다. 하지만 우리는 길에서 우연히 만났다.

S의 급식이 끝날 무렵 부지런한 사람들이 아침 운동을 하느라 우리를 스쳐 뛰고 걷고 있었다. 그들처럼 자신만의 삶에 충실할 수 있다면 얼마나 좋을까, 하는 생각도 잠깐. 누가 더 잘살고 있는지에 대한 대답은 주체적인 삶을 사는 사람이라면 이미 스스로 얻어냈을 거라는 생각이 들었다.

S를 볼 때마다 길고양이들의 수호천사라는 생각이 들곤 한다. 혼자 힘으로는 해결하지 못할 큰일이 생길 때마다 나를 전폭적으로 도와주는 그녀가 이젠 나의 수호천사처럼 느껴지기도 한다. 그녀 같은 캣맘이 더 많았으면 좋겠다. 남산 일대를 세 시간 가까이 같이 다닌 두 청춘 역시 고양이를 엄청나게 좋아한다. 언젠가 두 청춘의 공간에서도 고양이들의 골골송이 흘러나올 게다.

'젊은 반려인'

잃은 것과 얻은 것

대학 길고양이 동호회 회장인 젊은 친구를 통해 삼백 킬로그램의 사료를 후원받기로 했다. 정확히는 그가 후원받은 사료 중에 그만큼의 분량을 구걸한 것이다. 중이 제 머리는 못 깎아도 남의 머리는 깎는다고, 이렇게 얻은 사료를 형편이 어려운 캣맘들에게 나눠주기로 했다. 아직 사료가 도착하지 않은 아침이지만, 벌써 흥분된다.

마음을 가라앉히고 원고 작업을 하고 있는데 누가 현관문을 두드린다. 문을 두드릴 수밖에 없는 것은, 너나 할 것 없이 눌러대는 초인종의 전선을 내가 가위로 잘라 버렸기 때문이다. 돌아가고도 남을 만한 시간인데 문을 두드리는 소리가 멈추질 않는다. 나는 저렇게 악착같은 사람을 무서워한다. 문을 열면 그가 한쪽 발을 문 사이에 끼우며 버티고 서서 다시는 닫지 못할 것만 같다.

집요하긴 하지만 노크 소리가 꽤 잔잔하고, 꽤 애잔하다. "계세요?"라는 짧은 한마디 말도 섞이지 않은 노크 소리는 심지어 청량하게도 들린다. 나는 들썩거리던 엉덩이를 들고 선 채 누구냐고 묻는다. 젊은 목소리인데 귀에 익지 않았다. 문을 열고 보니 골목에서 두어 번 만난 적 있는 젊은 여성이다. 이 이른 시간에 왜 나를 찾아온 걸까. 불길한 마음을 누르며 바라보니 반듯한 이마와 가지런한 눈썹 때문인지 마스크 안에 있을 그녀의 얼굴이 이지적으로 느껴진다. 두 고양이와 살고 있다고 했던가.

그중 하나인 열두 살 된 노묘가 구내염이 심하고 혈뇨를 보는데 어떻게 하면 좋겠냐고 묻는다. 그건 의사에게 물어야 한다는 대답에 그녀는 내가 다니는 동물병원과 나의 개 또또를 재운 경복궁역 근처 병원의 의사 말을 자세히 언급한다. 수의사의 의견이 아닌 다묘와 살며 길고양이 급식을 하는 나의 의견이 궁금한 것 같다. 현관 앞에 마주 서서 이야기를 들으면서도 나는 상대방의 차분한 음성과 태도가 상황과 맞지 않는다는 생각을 떨칠 수가 없다.

'처음 보는 사람이나 마찬가지인데, 이 상황에서 어쩌면 저렇게도 차분할 수가 있지?'

그녀 특유의 차분함은 그 또래 여성의 나이에도 맞지 않는다는 생각을 하면서 나는 상대방의 말을 끊는다.

"혈뇨는 위험해요. 금방 죽을 수도 있을 텐데…."

혈뇨로 병원에서 죽은 한 고등어태비에 대한 미안함이 되살아나 무기력감으로 멍해진 내게 그녀가 말한다. 자신의 반려묘는 혈뇨를 보면서 일 년 정도 연명하고 있다는 사실과 근래 극심한 고통으로 비명을 지른다는 말을.

"고통은 줄여주는 게 좋지 않을까요?"

나는 한 생명의 고통을 마음대로 짐작한 의견을 말하면서도 앞의 사람이 나를 찾아온 뜻을 정확히 헤아리지 못한다. 과거에도 지금도 나는 죽는 것은 무섭지 않지만 고통은 무섭다. 고통 때문에 악을 쓰며 추한 모습을 보이게 될까 봐 두렵다. 그래서 깔끔하게 세상을 떠난 내 아버지의 죽음을 부러워한다.

다음 날, 한 이웃을 데리고 집요하게 우리 집 문을 두

드렸던 그 여성의 집을 한 번 방문했다. 그처럼 예쁘고 젊은 여자가 나쁜 길로 빠지지 않고 힘겹게 정상적인 삶을 산다는 데 후하게 점수를 줬기 때문이다. 가서 보니 그녀는 모든 면에서 나보다 처지가 나았다. 그래서 약간의 후원을 하는 것으로 선을 그었다. 아직은 모르는 것과 다름없는 사람의 집을 두드리던 그 집요함. 나는 흉내도 낼 수 없는 그 태도만으로도 그녀는 어떤 난관도 거뜬히 헤쳐 나갈 수 있으리라.

사십 대의 어느 날, 나는 일본 의사가 '병원에서 죽지 마라'라는 요지로 쓴 책을 읽고 난 뒤 아버지에게 선물했다. 그것은 내가 원하는 죽음이기도 했지만, 나보다 먼저 치러야 할 부모의 죽음도 그랬으면 좋겠다는 생각이 들게 했다. 그 책을 읽고 난 뒤 아버지는 세상을 떠날 때까지 잊을 만하면 한 번씩 언급했다.

"나는 병원에서 죽지 않을 테다. 일 초도 연명하지 않는다. 너희들도 꼭 알아둬라."

어머니는 중환자로 오래 살았지만 삶을 사랑했기 때문에 일흔에 맞은 죽음이 혹독하게 느껴졌다. 어머니보다 한 살 많은 아버지는 그 뒤 십 년이 지났지만 건강했다. 아버지가 세상을 떠나던 날에는 조카가 의사로 있는 아산병원에 아버지의 건강검진이 잡혀 있었다. 아버지의 죽음이 가족에게 멀고도 멀게 느껴지던 때였다.

효도 선물과도 같은 검진 전날, 나는 아버지를 뵈러 가려고 했었다. 그런데 생각해보니 아버지가 병원에 다녀오고 난 뒤 뵙는 게 좋을 것 같았다. 그래서 그날은 전화만 했다.

"오늘 집에 가려고 했는데, 안 갈래요."

"바쁜데 왜 자꾸 와. 네 일이나 해라. 오지 마라."

"내일 갈게요. 병원에 다녀오신 뒤에요."

"오지 말래도 그런다. 난 아픈 데도 없고, 다 좋다."

다음 날 새벽, 남동생 번호로 울리던 전화가 두 번의 신호음 뒤에 끊겼다. 잠이 예민한 내게 가족들은 그 새벽에 전화할 리가 없었다. 아버지가 돌아가시지 않는 한은. 그 순간 머리털이 쭈뼛 섰다.

'아, 아버지가 돌아가셨구나!'

황당한 생각을 한 자신을 나무라며 나는 어둠 속에 망연히 앉아 있었다. 그러다 정말로 아버지가 돌아가셨을

지도 모른다는 생각이 들었다. 그럴 리 없지만 만일의 경우를 대비해 상을 치를 준비를 해야 했다. 허둥지둥 길고양이 사료와 물을 챙겨 집을 나섰다. 이상하게도 나는 사료를 쏟고 물그릇을 엎지르고 시멘트 바닥에 뒹굴며 허둥대고 있었다. 다시 집으로 돌아가 용기를 내 떨리는 손으로 통화 버튼을 눌렀다. 너무도 겁이 나서 내게 전화했다가 끊어버린 남동생이 아닌 우리 형제 중 가장 온순하고 이성적인 성정의 언니에게로. 신호가 가자마자 전화를 받은 언니가 말했다.

"놀라지 마. 아버지가… 돌아가셨어."

억누를 수 없는 충격과 슬픔으로 눈물을 흘리며 다시 길고양이 급식을 하고 있을 때 등 뒤에서 귀에 익은 목소리가 들렸다.

"아니, 이 새벽에 무슨 일이에요?"

그 무렵 나의 1호가 자주 드나들던 집의 팔십 대 노인이었다. 부친이 우리나라의 제1호 수의사였기 때문인지 동물에 관심이 많고, 유창하게 5국 언어를 구사하는 관료 출신이다. 앞섶을 다 적신 눈물을 감출 수도 멈출 수도 없어 나는 아버지가 돌아가셨다고 말했다. 짧은 탄식 뒤 허둥지둥 사라졌던 노인이 부의금 봉투를 들고 다시 나타났다. 아버지의 장례를 치르고, 조문객 명단을 볼 때까지 나는, 그 새벽 골목 어딘가에 떨어뜨렸을 그 봉투를 잊고 있었다.

아버지를 생각하면 늘 우리가 함께 가지 못했던 여행이 떠오른다. 어머니가 세상을 떠난 지 십년 째 되던 해. 우리 가족은 제주도 여행을 계획했다. 다들 여러 번 가본 곳이라 이번엔 차를 배에 싣고 가서 조금 색다른 여행을 하기로 했다. 그 여행에 차질이 없도록 몇 달 앞서 숙소를 예약했고, 배편과 기타 등등을 챙겼다. 그리고 세월호가 침몰했다. 조금 이른 휴가철로 잡혀 있던 그때가 되었을 때 아버지는 여행하지 않겠다고 했다. 공무원들의 여행이 금지되는 등의 타의적인 제제도 있었지만, 우리는 우리대로 자율적으로 움직이자고 했다. 아버지만 달랐다. 완강히 가지 않겠다는 의사를 밝힌 것이다. 여섯 자식이 차례로 설득해야만 했다.

"우린 우리대로 그들을 추모하면 돼요. 계획대로 움직이는 우리가 덜 슬퍼하는 건 아니잖아요. 세월호가 가라앉은 지점과 가장 가까운 바다에서 준비한 꽃도 던지고, 묵념하며 명복도 빌어요."

아버지는 계속 고집을 부렸다.

"애들이 아직 바닷속에 있는데 놀려고 거기를 지나간단 말이냐!"

나라가 시키는 애도만이 애도라고 생각하는 아버지에게 나는 발끈했다.

"온 가족이 하는 마지막 여행이 될지도 모르는데 그냥 가요, 아버지."

점점 높아지는 내 목소리 때문이었을까. 마지막엔 아버지가 가겠다고 했다. 그 여행이 힘들기는 나도 마찬가지였다. 세월호 침몰로 인한 충격으로 나는 몇 달째 숙면하지 못했고, 나 대신 일주일 동안 길고양이 급식을 해줄 아르바이트를 구하기도 쉽지 않았다.

여행을 떠나기 전날 밤, 아버지는 다시 가지 않겠다고 했다.

"안동 작은동생도 그러더라. 애들이 아직 물속에 있는데, 형님께선 여행 갈 생각이 드냐고."

아버지의 고집에 식식대던 나는 전화를 끊자마자 작

은아버지에게 전화해 일방적으로 따졌다. 그때의 내 기세를 꺾을 수 있는 사람은 아무도 없었다.

"아버지와 하는 마지막 여행이 될지도 모르는데 동생인 작은아버지는 알았으면 경비나 보태주실 일이지, 왜 방해하세요?"

"어… 어… 나는 그런 말 하지 않았다. 형님이 내 핑계를 댄 거다."

하극상을 벌이는 조카 때문에 당황한 작은아버지가 그 뒤 뭐라고 했는지는 기억나지 않는다. 예감이 있었던지 그때 내가 지나치게 화를 냈다는 사실만은 생생하게 기억난다. 아버지가 갑자기 세상을 떠났을 때는 가지 못한 그 여행이 더욱 아쉬웠다.

다시 명절이 다가오고, 우리 형제들은 공갈 젖꼭지라도 무는 심정으로 선산으로 갈 터이다. 부모의 무덤 앞에서 누군가는 웃고, 누군가는 울지만, 역할은 언제나 똑같다. 나는 또 속으로 쓴 눈물을 흘리고 섰다가 자꾸 뒤를 돌아보며 산을 내려올 것이다.

아버지는 갑자기 찾아온 자신의 죽음을 늦추지 않고

스스로 선택했다. 어머니가 세상을 떠난 지 십 년. 아버지는 외로웠을 테고, 그 외로움을 다른 누구와도 공유할 수 없었을 것이다. 그래도 벽을 사이에 두고 나란히 누워 자는 동생을 깨우려면 벽을 톡톡 두드리기만 해도 되었다. 그러면 나보다 잠이 예민한 동생은 벌떡 일어나 아버지 방문을 열었을 것이다. 아버지는 그렇게 하는 대신 침대를 더럽히지 않기 위해 홑이불을 바닥에 깔았고, 그 위에 누웠다.

집으로 온 의사는 평온한 아버지의 얼굴을 보고 심정지 판단을 내리는 데 신중했다고 한다. 약간의 절차가 끝난 뒤 조카가 근무하는 아산병원으로 아버지를 옮겨 심정지 판단을 내린 시간은 새벽 6시 40분. 부양가족이 많았던 낭만적인 아버지는 뜻대로 살지는 못했지만 뜻대로 세상을 등졌다.

아버지의 죽음을 생각할 때마다 나는 내 죽음도 그렇게 맞을 수 있기를 갈망하는 한편, 내가 굶주리고 학대받는 길고양이에게 밥을 주고 병을 치료해준 복을 아버지가 받은 것은 아닐까 생각하곤 한다. 왠지 그것만은 사실일 것만 같고, 평생을 불효한 내가 딱 한 번 효도 선물을 드린 것도 같다. 아버지의 죽음을 안 그 새벽부터 이 생각을 해온 내가 선산에서 한 번도 다른 형제들처럼 웃지 못했다는 사실이 조금은 이상하다.

'이웃들'

식물 대 동물

동물을 바라보는 사람들의 시각이 많이 달라졌음을 자주 느낀다. 우선 내가 밥을 주는 고양이에게 겨울용 집을 놓아준 젊은 여성이 생겼고, 사료를 집으로 보내준 사람도 있었다. 틈틈이 와서 우리 동네 사진을 찍는 애니메이션계의 거장도 이따금 간식을 우리 집 문에 달아두고 간다. 심지어 꼬리를 들개들에게 다 뜯어 먹힌 젠틀맨의 병원비도 도움을 받았다. 지금껏 없던 일이다. 이뿐인가. 얼마 전에는 길고양이 급식을 하고 있을 때 필라델피아에서 왔다는 백인 청년이 지나가다 내게 말을 걸었다.

"나도 필라델피아에서 길고양이에게 급식을 해요. 괜찮다면 조금이나마 돕고 싶어요."

나는 이방인의 도움이 어떨지 궁금했고, 그러라고 했다. 그는 사룟값에 보태라며 만 원을 주고 갔다.

그러나 동물을 싫어하는 사람들의 시각은 좀처럼 달라지지 않는다. 그들은 사료가 비에 젖지 않도록 목공소에서 짜서 눈에 안 띄게 놓은 급식소를 계속 파손하고, 심지어 사료가 담긴 그릇에다 거듭 배설을 하고 가기도 한다. 그럴 때마다 프리모 레비의 책 제목이 떠오른다. '이것이 인간인가'

길고양이에게 밥을 주면서 나는 인간에 대한 기대치를 팍 낮췄다. 낮춰도 낮춰도 더 낮춰야 한다는 다짐을 하다 보니 내가 그들과 같은 인간종이라는 게 점점 슬퍼진다. 탄생하는 순간 인간은 이미 발아된 씨앗처럼 본질에 맞게 치열하게 생존해야 하는 존재가 되었다는 생각도 한다.

나는 어떤 촉매 때문에 모습을 드러낸 극악무도한 행위가 첫 번째 잘못이라며 용서되는 우리 사회의 수많은 징후를 무척 불안하게 바라본다. 사실 떡잎은 한 생명의 첫 잎사귀일 뿐 정확한 실체가 아니다. 어떤 나무의 떡잎도 앞으로 무성해질 잎사귀와는 완전히 다른 모습이다. 그러나 첫 잎이 생기면, 이미 뿌리가 생긴 것이다. 한결 같을 뿌리의 욕망을 생각하면 머리가 어지럽다.

누구나 그렇듯이 나 역시 관용적인 사람을 좋아한다. 실수를 용서할 줄 아는 사람, 적절히 돈을 쓸 줄 아는 사람들이 편하고 좋다. 나는 근면 검소한 사람들을 존경하지만, 감정과 돈에 인색한 사람에게 좀체 끌리지는 않는다. 요즘 친구들끼리는 코로나19로 인한 정부의 긴급 지원금까지도 몽땅 저축한 자들이 꽤 있을 거라는 말을 하곤 한다. 욱여넣기 위한 목적이 아닌 빼내 쓰기 위한 지갑의 용도를 잊고 사는 사람들, 동전 하나 허투루 쓰지 않는 인색함에는 다른 생명에 대한 관용이 들어설 틈이 없다.

캣맘인 나는 식물을 좋아한다. 부끄러울 정도로 엥겔지수가 높지만, 집에는 꽃이 있을 때가 많다. 고양이들이 좋아하는 캣그라스도 자라고 있다. 캣그라스는 귀리나 보리의 순 같은 것인데, 언제부턴가 거기에 더해 캣잎과 마따따비 같은 식물도 무럭무럭 자라고 있다. 급식이 끝난 뒤엔 우리 집 고양이들이 좋아하는 강아지풀을 사십여 가닥 끊어서 온다. 고양이는 꺼칠꺼칠한 그 풀잎을 먹고 몸 안에 쌓인 털 뭉치인 헤어볼을 뱉는다.

식물을 좋아하지만, 나는 텃밭을 정성스레 가꾸는 사람들을 불안한 시선으로 바라본다. 배변한 뒤 땅에다 묻는 길고양이들이 그곳을 파헤치는 순간 분란이 생기기 때문이다. 그 이유가 아니라도 나는 텃밭을 가꾸는 사람들이 본의 아니게 시장 경제를 헤친다는 생각도 이따금 하곤 한다. 정성스런 텃밭이 사실은 소량 생산하는 농부들의 수입과 직결됨을 알고 있다. 그럴지니 나와 길고양이를 천적으로 여기는 텃밭 있는 자들에게 저절로 눈길이 머문다.

농작물이 아닌 꽃이나 나무를 심는 사람은 지나치다 싶을 정도로 편안하다. 황폐한 공유지에 봄부터 꽃씨를 파종하고, 뙤약볕에 꽃모종을 옮겨 심어 가을까지 지나다니는 사람들이 꽃을 보도록 하는 사람과는 마주칠 때마다 웃게 된다. 우리 동네에서 처음 그 일을 한 사람은 내 연배의 여성이었는데, 병이 나는 바람에 한 남성이 그 일을 물려받아 몇 년째 하고 있다. 봄이 되기 전부터 땅을 고르고 거름을 주는 그 사람에게 나는 언젠가 농담을 한 적이 있다.

“선임자가 후계자를 정말 잘 골랐네요. 제 후임자도 좀 알아봐 주세요.”

“이런 일은 노력한다고 되는 게 아니에요. 저절로 돼야 하는 거예요.”

완연한 봄이 되었고, 그는 이제 거의 날마다 눈에 띈다. 퇴근 뒤 허둥지둥 물통을 들고 나와 어둠 속을 걷는 그를 어제도 보았다. 물과 사료와 간식과 구급약이 담긴 짐을 끌고 다니는 나처럼 그도 다른 이보다 일찍 땀을 흘릴 것이다.

해가 바뀔 때마다 조금씩 편해지고 있지만, 사실 꽃을 심는 계절부터 꽃이 지는 계절까지 나는 그에게 꽤 예민하다. 그런데도 표현하지 않으니 그가 알 리 없다. 꽃을 보호하기 위해 내가 다니는 길마다 줄을 매서 막아놓고, 한해살이 꽃 몇 포기를 더 심기 위해 아담한 나무들을 자꾸 없애버리는 그를 나는 이해하기 힘들다.

생각해보니 나의 어머니도 몇 해 동안 텃밭을 가꾸었다. 그곳에서 나온 농작물을 나눌 때 어머니는 아주 행복해 보였다. 하지만 텃밭에 물을 줄 때마다 쇠약한 어머니의 신경은 곤두섰고, 책이나 보려던 우리 형제들과 신경전을 벌여야만 했다. 처음엔 흙을 만지며 더 건강해질 거라 믿었던 어머니는 텃밭 때문에 우리에게 인심을 잃었고, 우리 또한 게으른 자식들로 낙인찍혔다. 심지어 텃밭은 관절과 허리가 약한 어머니의 건강에 조금도 도움이 되지 않았다. 어머니는 밤마다 앓는 소리를 냈고, 우리는 입을 모아 "그냥 사 먹자!"라며 텃밭에 집착하는 어머니를 개탄했다.

아, 우연의 일치일까. 이 글을 쓰고 있는 지금, 내가 살고 있는 사직동재개발2구역에다 누군가가 독극물을 살포할 것 같으니 조심하라는 전화가 걸려온다. 식물을 너무도 잘 키우는 사람이 그런 행동을 할 거라는 내용이다. 그처럼 끝없이 비위를 맞췄건만. 나쁜 예감은 무섭게도 잘 들어맞는 법이다. 나는 일찍부터 이런 날이 올 거라 짐작하고 있었다. 그러니 너무 동요하지 말자. 사심 없는 내 도움을 여러 번 받았던 사람, 불이 난 집에서 자고 있을 때 내가 깨워서 가까스로 목숨을 건진 노인까지도 그 여성과 한패가 되었다는 사실이 너무도 슬프다.

나의 개가 살아 있던 오래전, 여느 때처럼 우리는 골목을 걷고 있었다. 기압이 아주 낮아서인지 초저녁인데도 어두컴컴한 골목에 사람이라곤 보이지 않았다. 한 노인의 집 앞에 이르렀을 때 집 안이 불길에 휩싸여 있음을 알았다. 뭔가가 타는 냄새가 골목 가득했지만, 불길은 그 집 대문 앞에 이르러서야 눈에 보였다. 멀리서 사이렌 소리가 들려서 누군가가 신고했겠거니, 하며 한동안 걷다 그리로 돌아갔을 때까지도 119는 출동하지 않았고, 불길은 더 거세졌지만, 여전히 골목에는 사람 하나 보이지 않았다. 중복 신고할 거라고 짐작하면서도 나는 119에 신고한 뒤 그 집 근처에 있다가 혹시 하는 마음에 대문을 두드리며 안에 사람이 있으면 나오라고 소리쳤다. 한동안 그러고 있을 때 부스스한 머리를 산발한 노인이 뛰어나왔고, 곧이어 소방차가 도착했다. 그제야 나는 늘 데리고 다니던 하얀 말티즈가 보이지 않음을 알고 노인에게 물었다.

"개는요? 어디 있어요?"

"옆에서 같이 자고 있었는데, 놀라 뛰어나오면서 방문을 닫아버렸네."

두 채의 한옥을 헐고 새 건물을 지을 궁리를 하고 있던 그녀에게 그 화재는 결과적으로 행운과도 같았다. 그러거나 말거나 우리는 늘 인사를 주고받으며 십오 년을 더 보고 살았는데, 어느새 여든인 그 노인까지 길고양이 독살을 주도하는 중년 여자와 언니 동생 하며 죽이 맞아 나를 괴롭히다니…….

공권력이라는 제복 안에 동물혐오주의자는 또 얼마나 많은지. 과거엔 상상도 못 했건만, 나는 그 점도 뼈저리게 느끼고 있다.

길고양이 독살을 선동하던 앞의 여성(공적 활동을 한답시고 구청 회의에 자주 드나든다지?)이 구청과 시청에 강력하게 민원을 넣은 뒤 밤늦게 길고양이 급식소가 있는 곳에 가보았던가 보다. 한 패거리였다가 이제는 원수가 된 집에서 가까운 곳에 있는 급식소라 한밤에 갔을 터였다.

다음 날 새벽, 나는 급식소 주변에 흉하게 뒹굴고 있는 벽돌과 파우치 하나를 발견했다. 파우치 주인에게 돌려주려면 누군가 알아야 했고, 그 파우치의 주인이 벽돌을 여기저기 던져놓은 사람이 분명했기에 궁금하기도 해서 나는 그것을 열었다. 거기엔 공적 활동을 한다는 앞 여성의 주민등록증이 있었다.

'이 여자가 정말!'

파우치를 들고 망연히 서 있을 때 등 뒤에서 아는 성직자의 목소리가 들렸다.

"선생님, 이 새벽에 뭐 하시는 거예요?"

비가 올 때 급식하는 내게 우산을 받쳐주곤 하던 이였다.

"이분이 동거남도 믿을 수 없어서 간밤에 전 재산이 든 파우치를 가지고 고양이를 해치러 나왔다가 떨어뜨리고 간 것 같아요."

그도 파우치 주인의 악행을 많이 들었다며 우리 두 사람이 내용물을 검증한 뒤 자신이 본인에게 돌려주겠다고 했다. 둘이 검증해야 하는 이유는, 물에서 건져준 사람에게 보따리를 내놓으라고 할 경우를 대비하기 위해서란다.

그랬건만 파우치의 주인은 '파우치를 집에서 도난당했으니 수사하라'며 경찰에 나를 신고했고, 교회까지 찾아가 같이 공증한 사람을 협박했다. 그 와중에 잃어버린 파우치로 인해 구린 데가 탄로 난 그녀는 분에 겨워 우리 집 창에서 환히 보이는 사직교회 앞 급식소를 부숴버렸다. 마침 창 앞에 서 있던 나는 그 밤에 그녀가 급식소가 있는 작은 공유지에서 식식대며 나오는 것을 봤지만, 그런 행동을 했을 거라곤 짐작도 못했다.

길에서 훤히 들여다보이는 그녀의 집에서 자주 봤던 경찰 둘이 내 신고를 받고 와서 말했다.

"이까짓 것을 훼손했다고 신고했어요?"

그쯤이면 얼마나 좋았을까.

"고양이가 들고 내리쳤을지 누가 압니까!"

그가 과거에 바로 그 급식소로 출동해 '6만 원 이상의 손실을 입어야만 신고할 수 있다'는 근거 없는 말을 했던 경사가 아닌 것만은 분명했다.

"몸무게가 사오 킬로 남짓한 고양이가 십 킬로가 넘는 대형 벽돌이 네 면에서 잡고 있고, 위에서도 그만한 돌이 누르고 있는 급식소를 들어서 내쳤다는 게 말이 됩니까!"라는 내 항변에 경찰은 그럴 수 있다며 억지를 부렸다. 마침 또 내 곁에 서 있던 위의 성직자가 보다못해 녹음을 시작하자 그들은 사건접수도 하지 않고 사라졌다가, 상황을 알리려고 전화를 걸었던 종로구 캣맘 대표의 강력한 항의에 못 이겨 되돌아와 현장 사진을 찍었다.

어제 읽은 책에서는 식물도 기억력을 갖고, 혹독했던 환경으로 인한 기억에 영향받으며 성장한다고 했다. 아, 동물이든 식물이든 생명을 가진 것들은 모두 얼마나 애처로운가.

새들이 인간의 머리 위에서 마음껏 날며 살 수 있는 것처럼 길고양이들도 자유롭게 살아야 한다. 새들이 인

간의 머리에다 배설물을 떨어뜨렸다고 하늘길을 막거나 씨를 말릴 수 없는 것처럼, 길에서 살며 흙을 파는 길고양이들도 어떻게든 살아가야 한다. 매미가 내 창에 붙어 밤새 울어댄다고 해서 경찰에 신고해 잡아가라 할 수 없듯이 우리와 사는 고양이들의 생식 본능도 지혜롭게 완화해야 한다. 그 방법이라는 것도 인간 위주의 중성화 수술밖에 없지만.

지금이, 이곳이, 우리가 살아가야 하는 피할 수 없는 환경이다.

고양이의 골골송이 흘러나올 게다

1판 1쇄 펴냄 2022년 11월 29일

지은이 조은
펴낸곳 아침달
펴낸이 손문경

편집 서윤후, 송승언
디자인 한유미, 정유경

출판등록 제2013-000289호
주소 03980 서울시 마포구 성미산로 153-16, 2층
전화 02-3446-5238 팩스 02-3446-5208
전자우편 achimdalbooks@gmail.com

ISBN 979-11-89467-73-9 03810

이 도서는 한국출판문화산업진흥원의
'2022년 우수출판콘텐츠 제작 지원' 사업 선정작입니다.

책값은 뒤표지에 있습니다.

아침달